Side
of
the Mountain

山的那一边

北雁 著

暨南大學出版社
JINAN UNIVERSITY PRESS

中国·广州

图书在版编目（CIP）数据

山的那一边／北雁著．—广州：暨南大学出版社，2012.7
ISBN 978-7-5668-0216-3

Ⅰ.①山…　Ⅱ.①北…　Ⅲ.①长篇小说—中国—当代　Ⅳ.①I247.5

中国版本图书馆 CIP 数据核字（2012）第 103599 号

山的那一边
著　　者：北　雁

策 划 人：洪小利　杜小陆
责任编辑：杜小陆　杜晓杰
责任校对：林芳芳

地　　址：中国广州暨南大学
电　　话：总编室（8620）85221601
营销部（8620）85225284　85228291　85228292（邮购）
传　　真：（8620）85221583（办公室）　85223774（营销部）
邮　　编：510630
网　　址：http：//www.jnupress.com　http：//press.jnu.edu.cn
排　　版：广州市广海照排设计中心
印　　刷：佛山市浩文彩色印刷有限公司
开　　本：787mm×960mm　1/16
印　　张：11
字　　数：160 千
版　　次：2012 年 7 月第 1 版
印　　次：2012 年 7 月第 1 次
定　　价：26.00 元

自　序

故乡，是一种记忆，是一种思念，是一种萦绕在心头若隐若现的情感。这些年流浪在他乡，在某一个特殊时日，就会情不自禁地打开记忆的闸门，重温那一份让人眷恋的温暖。故乡，总让人千般挂念、万般惆怅。

故乡在我的记忆中，不过是那一条条弯弯曲曲的河流，一座座又矮又低的瓦房，一个个面容憔悴、熟悉又陌生的笑脸，以及隐逸在大山深处的村舍茅屋里升起的袅袅炊烟。真正让我魂牵梦萦的故乡，或许早已渐渐消失，或许早已千疮百孔，或许一直沉睡在我的梦里，像村头的那块大石头一样静默……我一直在怀念，但内心的凝重和忧郁，却总让我无法迈出回家的脚步。

我的故乡，在山的那一边。我的童年，在山那一边的故乡。

每次提起故乡，我都忍不住地想起我的童年。忆儿时的稚嫩、童趣，快乐中有忧伤，忧伤中有欢愉，常让我彻夜难眠。可能是因为一种行文习惯，这样的回忆录，也只有面对青灯黄卷的困苦生活，在油灯孤影之下，才可以写得那般深刻、通畅，直透心扉。要是在某一个喧闹快活的深夜，恐怕是写不出书中那样深邃的文字的，甚至懒得去回忆，更不要说动脑又动笔地去记录了。

写此书，是在2008年，时值三伏夏日。当时，我游荡在一个陌生城市的大街小巷，过着懒散自由、无拘无束的浪子生活。记得那一天是高温天气，在那座充满欲望的都市里，大街上人并不多，偶尔几个人路过，像刚从桑拿室走出来一样，浑身上下湿淋淋的。我躲在一个报刊亭旁乘凉，顺手捡起角落里的一张废纸，上面写道："我的童年，用伤痛来填补寂寞。"正是这一句话，瞬间击中了我的心脏，那些童年尘封的记忆犹如翻江倒海一般扑来，甚至让我不得不拿起笔去回忆，哪怕是伤痛，哪怕是寂寞。明知笔力之拙，可我还是挣扎着完成了书稿的写作，毕竟有那么多或有趣、或灰色的故事，让我无法停下笔去思考。我甚至天真地以为，故事的真实，或许还可以或多或少地掩盖文笔稚嫩的缺陷。于是，我只有埋头去写作，管他天塌地陷，管他海枯石烂，管他春夏秋冬，我只需“躲进小楼成一统”，伏案疾书忆童趣。因为，那斑驳的童年，除了回忆和记录，我似乎别无选择。也好，没有选择往往就是最好的选择。既然如此，那我姑且就这样回忆，一字一句地去认真记录。

还记得有一段时间，我甚至“拒绝”回忆，生怕有人提起那些过往年岁中的灿烂岁月、童真童趣。因为，回忆就必须要面对无法回避的“真实”。我曾一度活在虚妄的梦里，怕梦醒了，将不得不去面对残酷的现实。真实，有时就是一种伤害。真实地去记录，把一个个尘封的伤疤又一次揭开，让心灵接受旧事残余伤痛的折磨，这是一种残忍，亦是一种自残。可不去记录，我又怕健忘，怕有一天会彻彻底底地忘记我的童年。

这本书是我的青春回忆录，是我成长的故乡诗意年代的见证。我的童年没有关于诗歌的记忆，所以我选择在回忆时，尽可能地让我的童年充满诗意。在回忆和记录一个又一个恶搞的故事中，让悲伤淡一点，让欢快多一些。书中的文字，记录着黄土地山旮旯里的那个小山村——侯山的风土人情、地域特色和奇闻怪事。可以这么说，书中的那些故事是真的，是我这个“过来人”童年时代所见所闻的真实记录和描述。但是，书中的人物，我在写作时无法做到真实。因为，我的初衷是写一部长篇小说，可直至落笔后，重读时才发觉它更像一篇篇散文。把小说写成了散文，这是不是有些太荒唐了？也许，这是我多年残存的一个不良写作习惯，不太认真考究文体，下笔时信马由缰，无拘无束。有人告诉我，这样的笔触是写作之“大忌”，可我就这半瓶水，怎么也控制不住要“咣当”一下。在故乡，有这样一句俗语：一瓶水不响，半瓶水咣当。我这一“咣当”起来，就常常东拉西扯，难以控制激动的心情。尤其是近年来，当我发现有人把新闻、评论写得像散文、诗歌甚至情书一样“生动有趣”时，我就更加控制不住发自心灵深处的冲动，动辄提笔疾书，以表敬慕之情。所以，这本长达十多万字的书稿，可以说是一本“像散文一样的小说”，或者说“像小说一样的散文”。如果曾有人这样写作，那我也算步人后尘，心里也踏实点；如果没有人这样“恶搞”，那就算一次小小的尝试吧。恕我学识浅薄，所知甚少，若破坏文学写作之“规”，诚非本意。本书成稿已四年有余，一直藏在我的“抽屉”里，今特此整编成册付梓出版，以飨读者。

最后，谨把此书献给黄土地上我的故乡——静宁侯山，献给那些和我一起成长的童年伙伴们，他们的朴实、善良、勤奋、勇敢和自强，时时刻刻激励着我在困苦的人生道路上继续前行，并一直影响着我的人生。在此真诚地问候一句：这些年，你们都好吗？

北雁

2012 年 5 月

目 录

引子·消失的童年

我是一个地地道道的山里娃，20 年从未走出大山一步。生在猴山，睡在猴山，吃在猴山，从小就过着“靠山吃山”的生活。当然，童年的记忆也在猴山。

猴山，是我的故乡。说是“猴山”，可遗憾的是连一只猴子都没有。对于从小因调皮捣蛋而臭名远扬的我，人们常常张嘴就叫“猴子”——一个我曾讨厌但后来有些喜欢的名字。

孙悟空不也是一只猴子吗？不是依旧有那么多人喜欢、追捧甚至崇拜吗？我想，在中国，孙悟空的“粉丝”数绝对第一。可惜，他是一只任何人都看不见的猴子，据说在天上，但我一直保持怀疑。不过，他活在“粉丝”的心中，这一点是不用怀疑的。相比孙悟空，我这个猴子就逊色多了，竟然连一个“粉丝”都没有。

说起我的童年，就像暴风雨来袭时天空的颜色，灰暗一片。我不知道童年是从何时开始的，只记得每天除了吃、穿、睡，也就是那些破事儿。头顶上是蓝蓝的天空，脚底下是黄黄的土地，出门不是爬山就是过沟，干活不是上树就是下田，玩来玩去也就是捉虫打鸟，想来忒没意思。

我在童年时代始终有一个梦想，就是想看看山的那一边是啥样。为了实现这个梦想，我竟然夜以继日地奋斗了 20 年。所以，我的童年比别人的都要漫长，至于什么时候结束的，我也不知道。可以这么说，未离开猴山的每一天，都可以算作是我的童年。18 岁时的梦和 8 岁时的一样，做的事也相差无几，转来转去还是围着猴山乱逛，所以我是一个拥有最长童年时光的山里娃，这曾是我的不幸，而现在似乎是我的骄傲。

但说起我的故乡——猴山，我常常充满自信和自豪。虽说比不上孙悟空生活过的水帘洞——主要是猴山没有水，所以就压根儿没法比，但它的美，是我挖空心思也无法描绘的。我曾翻遍了我读过的所有书，都没有找到一个合适的赞美词。后来，我突来灵感，便想到若用一个成长的少女之美来形容猴山的美，那是最合适不过了。

猴山地处黄土高原的一个山旮旯里，四季分明，景色宜人。

有人一听是山旮旯，就开始怀疑了。一个山旮旯，还能美过富士山，还能比过九寨沟吗？但我要说，美和美是不一样的，山旮旯和山旮旯更是不一样的。不是有句话说“山旮旯里也会飞出金凤凰”吗？所以，一点也不能小看山旮旯。

猴山之美，最美在四季。春夏秋冬，各有千秋。春天艳丽，夏天妩媚，秋天丰满，冬天静雅。猴山的四季之美，就如一个成长的少女之美。春有桃杏花遍山，夏有柳絮飘满天，秋有野果压枝头，冬有冰雪盖山楼。生活在猴山，你会明显地感觉到季节的变化和时岁的更替，这是在很多所谓的名山大川很难感受到的。

关于我这个猴子，也没有什么可说的，就是一个山里娃，城里人轻蔑地叫“乡巴佬”，其中不乏歧视的意味，但我也懒得去理睬。别人的歧视是其次，只要自己把自己当人，每天按一个人的标准去生活，拥有梦想，为理想奋斗，我觉得就足够了。因为走在大街上，我看到无数的流浪狗，它们比我活得更窝囊、凄惨。还有一些耐不住寂寞的“野狗”，动不动就咬人，非搞得人鸡犬不宁不可，似乎那样才能体现一个“狗人”的价值。山里娃地道，乡巴佬朴实，想来想去也没有什么不好的，于是乎，我的内心常常为此称呼而感到一种平静。但关于我的真名，我还是想说两句，其实我有一个比较好听又文雅的名字，可是凡是认识我的人都很少称呼，反倒是不俗不雅的“猴子”，天天被人挂在嘴边。天长日久，那个真名也就渐渐被淡忘了，以至后来有人问我真名，我都忘了。对了，我的名字就叫猴子。

猴子素来以聪明伶俐而在动物界闻名。在动物世界中，猴子也算是赫赫有名，不是有“山中无老虎，猴子称霸王”之说吗？可见猴子在所有的动物中还是有一定的威望的。

从小，我就被赋予了猴子的这一突出特点。在猴山，我也算是一个赫赫有名的小顽童。不是因为我有多霸气，也不是因为我干了什么惊天动地的大事，而是我的“铁齿铜牙”。在和恶人的吵嘴中，我很少输，就是因为我有三寸不烂之舌。在童年的生活中，我吃过苦、受过累，甚至挨过打，但从来没有人能够战胜我的一张破嘴。骂人，我算是一流的；损人，更是不在话下。正因如此，左邻右舍、三村四院，大都熟知我，有意无意地孤立我。

记得有一次，大概是在8岁的时候，村里有两个被称为“泼妇”的女人在大吵大闹，像是唱秦腔，我们当时叫骂仗。那天，我和一群小伙伴正好路过，闲着无事便坐下来看热闹，实在忍不住了，我就开始乱骂了起来。当时，我也不记得到底骂了什么，只记得最后那两个泼妇停止了骂仗，却反过来和我开骂。我一看势头不对，本来是她们骂仗我站一旁看热闹，怎么变成了她们和我骂仗，一群小王八蛋看我们的热闹呢？我感觉有些倒霉，当然这也是自找的。

在一群小王八蛋的怂恿下，我开始了第一次和女人酣畅淋漓的骂仗。毕竟，泼妇骂人至多也就是那么几句废话，除了问候别人的娘老子，也骂不出什么水准来。这个骂人啊，有水平的人骂人不带一个脏字，依然叫别人无言以对。不过，那时候的我，还是个半吊子，也就偷学了那么几句，所以难免会夹杂几句脏话。但是，我还是尽量避免低俗地去骂人。我骂人一般都不是直来直去地骂，而是用一些形象的东西来比较，且都是一些土话，骂起来特过瘾，如“你脖子上挂镰刀，要得要命的牌子”，“拉得狗娃上坟，你是羞先还是祭祖”，“你的脸像西山的旮旯，土里土气的，牛啥”，等等。要是用后来学的普通话翻译过来，就完全变了样。所以自从说普通话之后，我就是一个哑巴，连骂人这个“特长”都不会了。

我至今仍清楚地记得，那是我童年时最为精彩也最为壮观的一次骂仗。

我们大约骂了足足有两天的时间。晚上别人都睡了，我们也就不约而同地休战了，第二天早晨起床后继续开骂。对我来说，骂人是一件愉快的事，我可以手舞足蹈，也可以又歌又说，但那两个泼妇口吐唾沫，一句又一句脏话，我的八辈儿祖宗都被她们招呼到了。可我并没有在意，她们因此更来气。当时觉得，人死了，活人干吗管那么多？尽管骂就好了，也不能把我怎么着。何况，姥姥常说一句话，“骂下的风吹了，打下的疼死了”，意思是你无论怎么骂，就像一阵风吹过，什么都不会留下。但要是被人痛打一顿，就会留下伤疤，不疼也难。

开骂一天，在第二天的下午，她们的声音嘶哑了，骂劲儿也没有那么高了。我趁热打铁，加上那些看热闹的小王八蛋的欢呼嘲笑，明显占了优势。最后，两个泼妇终于被我制服了，躲在她们的屋子里不出声了。我又多骂了几句，看没有什么反应，就欢呼着离开了。

因为那次骂仗，我一下子声名鹊起，震惊四邻。方圆数百里，人人都知道猴山有个小猴子，骂人是第一。我的童年，大概就是在这种臭名中度过的，以至后来长大了，还会有老人提起那次壮举。当然，他们大概还有另一种意思，说现在的我变了，至少没有童年时那么调皮或令人讨厌了。

在我的童年，其实骂仗不算什么，比骂仗更有趣的事太多了，比如捉蝈蝈，比如采山花，比如摘山桃，比如滚铁环，比如弹弓打鸟，比如上树捉秋蝉，比如冬天用竹筛罩麻雀……美好的事往往就是那么短暂，等有一天发现不会存在了，才突然醒了过来。可是，可是，一切都太迟了！

在童年，飞到山的那一边就是我最初的梦想。

在童年，“猴子”就是我的雅号，猴山就是我的家园。

在童年，我的世界里一片灰暗，但也有朝霞，也有彩虹……

这不是回忆，这只是诉说。回忆往往让人疼痛，而诉说或许只是一种本能。

对有的人来说，童年不是用来回忆的，而是流着泪去告别的。童年的美好，往往是和那些难以抹去的伤痛捆绑在一起的。于有的人而言，成长本来就是一件十分艰难的事，每一分每一秒都在与命运抗争。即便这样，有些人还是早早地被死神夺走了生命。活下来的人是幸福的，所有的不幸都被死神带走了。每个人都有童年，但童年并不一定都属于每个人。有些人的童年，才刚刚开始就结束了，如彗星划过天际一样，瞬间即逝。

在记忆深处，一个常追着我疯跑的哑巴，一个偷偷给我糖果的邻居大奶，一个见面就吓唬我的跛子大爷，一个给我讲了许多有趣故事的老人，一个见了我就微笑的寡妇大婶，一个和我捉蝈蝈的伙伴，还有那些骂过我、恨过我、爱过我却早早离开人世的人们，我只想对他们说一句：你们在天堂，还好吗？

在我的童年中，那些陪伴我成长的人，我永生难忘。

童年在告别。

在告别中，生命迈向了另一种精彩。

童年，在我的记忆深处永远珍藏。

1. 三棵柳树

记忆是个很奇怪的东西，朦朦胧胧，充满神秘感。

于我而言，关于记忆，更多的是遗忘。至今，我都很难说清最初的记忆是什么，脑海中时或浮现出的那朦朦胧胧的一幕，大概就是我最初的记忆。

公元前，古希腊人帕蒙尼德认为，人的记忆是由明暗两种物质构成的混合体，只要混合体没有受到干扰，记忆就是完整的；一旦混合体发生变化，就会出现遗忘现象。所以，在我的记忆中，混合体的干扰多于平静，所以我也忘得快，很多原本美好的故事早就忘了。

我认为，人之所以是一个完整的自我，就是因为拥有记忆。人的出生是生命的开始，但拥有了记忆的生命，才可算是人生的开始。我真正的人生，就是从那最初的记忆开始的。

我最初的记忆和三棵柳树相关，那时我也说不清自己多大，大概就是一岁多吧。

说起猴山的三棵柳树，那可算是猴山的地标风景。猴山，又叫柳树村，就是因为那三棵柳树。它们长在村旁最高的山上，即便千里之外，也能望得见。小时候迷路了，姥姥就告诉我，找不到路的时候就朝着那三棵柳树走，一定能走到家。所以，很小很小的时候我就知道回家的路，也是因为那三棵柳树，它们至今仍长在我记忆的深处。

那似乎是一个黄昏，夕阳西下，余晖斜射。我也不知道自己当时在干什么，我的身边有什么人，只隐隐约约地记得，抬头的那一瞬间，眼前是那三棵柳树。穿过树枝的缝隙，我还看到了夕阳斜射过来的光线。那个情景在我的梦里无数次出现，但每次都是一样的。三棵柳树伴随着我的童年，成为我成长中无法抹去的记忆。

我的童年，很多时候是在守望的孤寂中度过的。从小，我就是一个忧郁、性格孤僻和天生叛逆的孩子。同龄的孩子都还在娘的怀里吃奶的时候，我早已开始“大闹天宫”了。我不是猴子吗？当然也要干出一些惊天动地的事来。于是一骂成名，成了猴山无人不晓的小顽童，甚至成了某些人的眼中钉。叛逆是我的天性，越是觉得孤独，我就越叛逆；越是有人想孤立我，我就越是反抗。我是一个不服输的顽童，宁可叫别人在我脸上狠狠地抽几巴掌，也绝不会认输。与众为“敌”，是我童年时的一大癖好。当然，在此种情况下，孤独是不可避免的。我常常来到三棵柳树下嬉戏玩耍，或爬到柳树上乱喊乱叫。记得有一次，我在柳树的树杈间睡觉，睡得太踏实了，醒来的时候脑袋像是掉进了万丈深渊，突然重重地落在硬地上，疼痛难忍。幸好不是很高，摔下来也就是头上多了个疙瘩，摸一摸就过去了。“不流泪的孩子最勇敢”，这是我童年的座右铭。

在三棵柳树下，藏着我童年最为快活的许许多多的故事。春天，我和邻居伙伴折一树枝，用小刀截断，抽掉里面的树干，就剩下一个树皮筒，然后在上面钻几个小孔，就做成了一个小柳笛。我们吹着小柳笛满村子跑，无限的欢乐写在童年的日记本上。柳树叶也可以吹出很动听的声音，只需要把树叶折起来，放在嘴里轻轻地吹，就会发出优美的声音。有的人甚至能够吹出歌曲来，可我当初怎么也吹不响，后来练习多了，也能吹出许多种声音，这甚至成为我童年向同伴炫耀的一大资本。

历尽风霜雨雪的侵袭，三棵柳树至今依旧枝繁叶茂，是故乡一道奇特的风景。我相信，那三棵柳树，不仅长在我的心头，也长在故乡所有人的心头，是故乡最靓丽的风景。人会变老，树也会变老，甚至早早被人砍掉，但记忆永不会变老，只会加深，会在一个人心中珍藏一辈子。

《诗经·采薇》中有这样一句话：“昔我往矣，杨柳依依；今我来思，雨雪霏霏。”每当看到这句话，我就想起故乡那三棵柳树。第一次离开故乡时是夏天，三棵柳树正是枝繁叶茂的时候。可后来每次回到故乡，都是逢年过节之时，黄土高原的山旮旯里，看到的不是满山枯树杂草的荒芜，就是冰雪覆盖原野的凄凉，这样的情景最能让我感受到诗句中所描述的情景和传达的哀思。

三棵柳树一直成长在我的童年记忆中，它是一道风景，也是一个童话，更是一种象征。

2. 苜蓿花开

在童年，苜蓿地是我常造访的地方。一来苜蓿地里有许多蝴蝶，二来我也喜欢苜蓿花。

我的童年也可以说是游走在苜蓿地里的童年。在苜蓿地里，我和同伴们打仗（童年的一种游戏）、捉迷藏、捉蝴蝶，不亦乐乎。

在猴山，成片成片的苜蓿地造就了一片绿色的“海洋”。那时的我，没有看到过大海，梦想中的大海就是风吹苜蓿叶左摇右摆的情景，我一直认为那就是大海的波涛在翻滚。可有一天我看到了大海，才知道原来不是那么回事。大海是大海，苜蓿地是苜蓿地，是风马牛不相及的，即便是想象，也似乎有些不靠谱。

在北方，苜蓿随处可见。苜蓿有着娇小可爱的花朵，以“牧草之王”著称，不仅产量高，而且草质优良，各种畜禽均喜食。故乡的苜蓿，大都是用来供牛羊食用的。当然，在饥饿年代，苜蓿叶也救了不少人。

苜蓿菜是我童年最爱吃的菜。清明节前后，苜蓿的嫩芽刚刚露出地面，大概有一寸长的时候，我们小孩子就随同大人跑到苜蓿地里，掐很多苜蓿嫩芽，然后回到家中，把苜蓿嫩芽放在开水锅里一煮，放上油盐酱醋，就成了一盘地道又美味的家乡菜。

据史载，苜蓿的原产地并不在中原地区，而是在汉代由西域传入的（两汉时期把甘肃玉门关和阳关以西，也就是今天的新疆地区和更远的地方，称为西域）。西汉的张骞分别在公元前 138 年和公元前 119 年两次出使西域，加强了内地同西域之间的经济文化交流。就是在那个时候，苜蓿从西域来到了黄土高坡，从此扎下了根。

苜蓿，一种矮小的草本植物，每一片叶柄上一般只有三片叶子，只有稀有的品种才能长出四片叶子。据说，大概十万株里才会有一株四叶草，十分罕有，所以四叶的三叶草被视为幸运的象征，别称“幸运草”。

后来，读了很多书，才知道关于三叶草有这样美丽的神话传说。一种传说称苜蓿是亚当、夏娃从伊甸园带到人间的礼物；另一种说幸运草之名是源自拿破仑，一次他行军路过一片草原时，发现一株四叶草，感到非常奇特，俯身摘下时，刚好避过向他射来的子弹，逃过一劫，从此四叶草便成为幸运的象征。现在，四叶的三叶草已经被公认为是幸运的象征。小时候，我天天在苜蓿地里跑，但也没有留意苜蓿到底是四叶还是三叶，也不知道自己幸运不幸运。不过，天天泡在苜蓿地里，倒也是我童年最为快乐的事儿。

苜蓿不怕踩，也不怕风吹雨打，生命力极强，所以我们小孩子在苜蓿地追逐打闹，大人们一般都会保持沉默。苜蓿花开时，紫色的一片，也有黄色的花，那时候蝴蝶就常常在花丛中飞来飞去。我最喜欢追着蝴蝶跑了，如有幸捉到一只，在手里玩弄够了就放了。我小时候贪玩，但不怎么杀生，当然，老鼠、蚊子等被农人仇恨的害虫除外。

还有，和同伴玩打野战游戏。苜蓿地是最好的潜伏地，找一块苜蓿生长茂盛的地方潜伏，常常很难被发现。不过有一次的遭遇，现在想起来都有些让人毛骨悚然。

当时是正午，我们一群六个小孩分成两组打野战。我和两个小孩一组，找了一块最为隐蔽的苜蓿地潜伏下来，想等“敌人”出现后打他们个措手不及。可惜，就在我们潜伏时，一条麻皮蛇从我的手臂爬过，当时我虽不怎么怕蛇，却也是第一次和蛇亲密接触，一股冰凉的感觉从我的手上滑过，我的心“咚咚”地直跳个不停。幸好那条蛇没有停留，很快就离开了，我一骨碌从地上爬起来，马上往外跑，魂都吓没了。从那次后，我开始有些怕蛇了。

苜蓿花也是我比较喜爱的花，不是因为它有多耀眼夺目，恰恰是因为它的简单和朴素。乍看起来并不美，可看久了，就觉得特美。

苜蓿花开，开在我童年最为快乐的时光里。

3. 樱桃艳艳

独绕樱桃树，酒醒喉肺干。

莫除枝上露，从向口中传。

——宋·苏轼《樱桃》

樱桃算是家乡的特产，也是我们童年伙伴的“尤物”。

对樱桃的爱，是一种小孩子对果子自然却又淳朴的爱。每当看到红艳艳的樱桃吊在邻居家的樱桃树上时，我们几个童年的伙伴就常常有当一回小偷的冲动。

樱桃成熟，鲜艳夺目，看则流口水，吃则口水流，我们小孩子很难经得起樱桃的诱惑。可在猴山，樱桃树并不多，所以凡是有樱桃树的人家，往往都是我们小孩子最为羡慕的。于是经常质问大人：“为什么我们家没有樱桃树？你看……”然后质问得大人有些不大理解，遭到一顿臭骂不说，甚至还有可能受到几巴掌的“呵护”和“奖赏”。一来二去，我们这些小伙伴对樱桃的记忆就尤为深刻。

记得有一年，邻居家的樱桃树上长满了红艳艳的樱桃，其实我早就爬到我家的院墙上看了不止百次，看来看去，突然有了想偷樱桃的冲动。

在童年，我们有一个叫“王八蛋”的八人组合，总共有八个小伙伴。狗子、二愣、三娃、四水、六七和我是男的，水花、山桃是女的，也是我们共同的“媳妇”。

经过一番精心策划，我找来“王八蛋组合”中的狗子和二愣。狗子人比较聪明，属于我重点培养的对象，在偷盗、打架这类事上，是我最得力的助手。相对而言，二愣就有些痴傻，体重差不多有我的一倍多，笨手笨脚的，出洋相的往往是他，可他从来不生气，说我是他的崇拜对象。还有一个原因，就是他家比较富裕，经常拿些好吃的东西和我们分享，所以做什么我们都不会冷落二愣。

我把偷盗计划告诉了他们俩，二愣一听有些怕。因为我们偷的樱桃是二泼妇家的，而二泼妇也是猴山响当当的人物，泼辣出了名，要是被她知道了，那可就闹翻了天，即便我这个“骂人王”，在她面前恐怕也要甘拜下风。但狗子有一股英雄气，做坏事天不怕地不怕。我和狗子一拍即合，商量了一下，准备把二愣从“王八蛋组合”中除名。二愣急了，拖着两条石柱子一样的大腿，拍着胸膛说：“我怕什么，我带头!”

三个人潜伏了好久，终于等到二泼妇锁好门离开了家，我们就迅速动手。我们偷偷翻过院墙，溜到樱桃树下，我和狗子迅速往口袋里摘，而二愣却坐在樱桃树下吃，狗子一看，抱怨了几声，表示不满。可谁知，就在我们三个人正兴高采烈地偷樱桃时，二泼妇家的大门突然打开了，狗子一听，叫道：“不好，赶快跑，二泼妇来了!”

二愣看见我们两个跑，急忙喊：“等等我，等等我!”

二泼妇可能早有预谋，所以一进门就拿着扫帚直接向我们冲来，我和狗子动作麻利，就在她要打到我们的那一刻，翻墙跑了。但可怜了二愣，笨手笨脚的，刚刚爬到墙上，就被二泼妇一扫帚打到。二愣没有站稳，就掉了下去。可幸的是二愣掉下去砸在了二泼妇的身上，一声惨叫，二泼妇当场就躺在了她家的院子里。我和狗子爬到院墙上一看，二愣的身体正好压在二泼妇身上。二泼妇口吐唾沫，叫骂个不停，但也不能把二愣怎么样。二愣双手死死地抓住二泼妇的胸，二泼妇直骂二愣是“小流氓”。

这件事最后以二愣挨了他老爸的三巴掌，并向二泼妇赔礼道歉了事。但后来我们常常取笑二愣，说他占了二泼妇的便宜，问当时的感觉怎样，二愣傻傻地说：“魂都吓没了，我也没啥感觉，可她骂我是小流氓……”

偷樱桃未遂，我们三个都遭到了各自父母的严厉批评，但是我们三人的行动却受到了“王八蛋组合”的嘉奖。我和狗子成了水花和山桃的崇拜对象，二愣却成了她们的笑料。水花成了我的“新娘”，山桃做了狗子的“媳妇”，至于三娃、四水、六七，他们三人没有干出什么丰功伟绩，所以也就什么都没有，这些都是我们童年的“秘密”。

水花是一个可爱的姑娘，嘴角总露出甜甜的笑，眼睛大大圆圆的，人长得水灵灵的，像一个红艳艳的樱桃，谁看了谁喜欢。自从做了我的“新娘”，水花就再也没有被其他伙伴抢走，主要是我干了许许多多惊天地泣鬼神的荒唐事，其他伙伴没有资本从我手中抢走水花。

至于山桃，长得没水花好看，但比较机灵，也很讨人喜欢。可她“命不好”，隔三差五地换“新郎”，除了二愣，山桃做过他们每一个人的“媳妇”，主要是因为他们几个各有所长，所以争来争去，谁也没有完胜，山桃自然就被他们换来换去。有时，一天也要换几个“新郎”。

二愣虽然努力，但也没有办法，所以就一直孤身，成了我们组合中唯一的单身汉。

可惜，作为“王八蛋组合”首领的我，从来没有在他们几个伙伴面前失败过，所以就一直以水花为“新娘”。山桃也从来没有做过我的“新娘”，说来这是比较遗憾的。

许多年后，山桃长大了，要进城读书，对我说了一句这辈子我都难以忘记的话。她说：“猴子哥，要是还能回到童年，我要做一次你的新娘！”

当时，我傻傻地望着山桃，她羞红了脸，却朝我痴痴地笑个不停，恰似一颗红艳艳的樱桃。

可惜，童年再也回不去了，山桃的话和樱桃的故事只能永存在我的记忆中。

4. 泉水叮咚

猴山在黄土高原的山旮旯里，一年四季最缺的就是水，有“一碗油也换不来一碗水”的夸张之说。

据说，我的爷爷奶奶那一辈人生活的那个年代最缺的就是水。当时，要是谁家娶媳妇，就一定要备好一窖水。女孩子嫁人，也不看男方家有多少积蓄，一窖水就是联姻的前提。如果没有水，一切免谈。当然，在那个特殊的年代，爱情和面包不存在争论的必要，水都没有，自然也做不出面包来。至于爱情，基本上就是一个不存在的东西，估计没几个人能弄懂。谁也不知道爱情啥样，所以有水就有爱情。当时，我奶奶看上我爷爷，就是因为我爷爷家有一窖水，这是任何富贵人家都羡慕的。

也许，很多人对一窖水感到很模糊，其实我也不大清楚。听奶奶说，其实也就是在地下挖一个地窖，然后等天下雨的时候把水灌入地窖中，放些石灰等净化物质，等水澄清之后，就用来饮用。那水不脏吗？当然脏了，据说里面还有很多羊粪、牛粪之类的东西，但是没有办法，环境就是那样，那样的水也要“千年等一回”，可以想象当年的生活是多么艰苦。

不过，有一个问题我还是想不通，那样的水喝了难道不生病吗？可爷爷是七十多岁才去世的，奶奶八十多岁的人了还健在，这不能不说是一个奇迹。现在的人，生起病来不要命就算是万幸了，非要在医院里折腾上几天几夜，花上成千上万元才能摆脱病魔纠缠，可爷爷奶奶他们一辈子都没有迈进过医院的大门，甚至连感冒发烧的小病也很少患。所以，我得出了一个结论：环境的好坏和人的寿命长短并不单是成正比（环境越恶劣，人的寿命越短），有时也会成反比（环境越恶劣，人的寿命越长）。这就是爷爷奶奶那一辈人典型的“水窖联姻”。

到我们这一辈，环境虽然有所改善，有些人也多少知道些医疗保健方面的知识，但猴山缺水的现状一直未变。

有句话说得好，“要致富，先开路”。猴山后来是开了不少条路，但猴山人还是没有富裕起来，最后大家才发现，制约猴山走上致富路的主要原因还是缺水。可是，哪里有水呢？生活在黄土高原山旮旯里的人，一直为这个问题犯愁。

记得那时，我曾带领“王八蛋组合”的所有成员在猴山周围大大小小的沟里搜寻了一遍，也没有发现哪里有水源。但功夫不负有心人，经过我们八个人不辞辛苦的勘测，号称“小风水先生”的四水终于发现一块可能有水的地。我动员大家一起挖一口泉，多少也算是为猴山村民做一点好事。当然，最最主要的原因，就是可以解决我们“等水”的无聊和烦闷。

可以这么说，我在泉边浪费了一大半童年的时间。我们一群小孩子，每天守在泉边，看着水从地下一点一滴地冒出来。一天等下来，也就等个几桶水，但如果不等水就没有饭吃。大人们白天忙着干田地里的活，自然没有时间等水，所以这种事就交给我们这些调皮捣蛋的小孩子。等了一天的水，回家仅够做一顿饭，至于牛啊羊啊猪啊，差不多就只吃食不喝水，即便它们想喝，也只能喝一点洗锅水。所以，猴山的牛羊都长得瘦骨嶙峋的，怎么看都像干枯的树根。

狗子、三娃和六七负责挖泉，二愣负责除草，水花和山桃是拉拉队员，站在一旁为他们加油助威，我负责整个工事的管理和协调。花了大概一个上午的时间，我们终于挖了一个土坑，但就是没有看到有水冒出来，所以我们把所有的怨气都发在了四水身上。可四水还是坚持他的看法，建议我们再继续往深地里挖，说不定水就冒出来了。随后，他给我们认真地分析，周围的土壤都是干的，只有我们挖的这块地是湿的，说明地下一定有水。

狗子干得有些累了，对四水抱怨道：“要挖你去挖，我不干了。”

二愣傻傻地问我："猴子哥，你说我们是挖还是不挖呢？"

我看了一下周围，觉得四水的话有一定的道理，便决定继续往下挖。

为了鼓励他们，我也参加了挖泉活动。挖了好久，我也有些疲惫了，就坐下来看着他们挖。我突然问："你们看我们挖的这个土坑像什么呢？"

二愣抬起头看了看我，傻乎乎地说："我看像我爷爷的坟。"

他这么一说，我们都狂笑了起来。狗子和六七开始戏弄二愣，唯独三娃还在继续挖，他本不怎么说话，但干活算是最卖力的一个。

山桃突然喊了一声："猴子哥，你看，水出来了！"

我们都停止了笑声。我爬到土坑里一看，果然有水在往外流。我看到了希望，一下子太激动了，在水花脸上亲了一口。

水花羞红了脸，骂我说："猴子哥，你讨厌，想干啥呢?!"

我说："你是我媳妇啊，老四爷家的电视上不是就这么亲媳妇的吗？"

老四爷家是猴山的一个大户人家。老四爷并不老，但他们家出了一个当官的，所以我们就这么叫。至于当什么官，有多大，我们都不知道。反正逢年过节的时候，总看到老四爷的儿子拎着大包小包回来，还给我们小孩子发几颗糖。

当时，山桃是四水的新娘，四水也附和着说："山桃，你也让我亲亲吧，我不知是什么味道。"

山桃倒是一个不害羞的姑娘，大大方方地说："你来亲吧！"

四水在山桃脸上亲了一口，然后舔了舔舌头，好像吃了一口蜜。

二愣问："四水哥，是什么味道啊？"

四水吐了吐舌头，却说："好像没有什么味道。"

二愣又问我："猴子哥，你亲水花是什么味道？"

我一笑说："是水的味道。"其实，当时我也没有感觉出有什么味道。

我们接着又挖了一尺多深，水越来越多了，终于挖了一口清泉。

我们几个围着泉跳来跳去，看着我们的丰功伟绩，个个脸上都露出了甜蜜的笑容。

我们挖的泉，冒水眼很大，不一会儿就有一桶水了，我们八个人手牵着手在泉边手舞足蹈了一个下午。

最后，我们将那个泉命名为“四水泉”，算是对四水的一个奖励。至今，四水泉还在冒着水，无论春夏秋冬都泉水叮咚，如童年一支动听的歌。

可是，四水却永远地离开了我们。

前年回家，我一个人蹲在四水泉边，听着泉水的声音，默默流下了泪水。

快乐的童年，回忆时却是一首悲伤的歌。

5. 哑巴疯吼

在我的童年，耳旁时常有一个怪怪的声音，那是一个哑巴的疯吼声。

哑巴叫大胜，除了不会说话，精神也有问题，疯疯癫癫的。每天除了吃喝，就是站在他们家的门口大喊大叫，但谁也不知道他在说什么。

在猴山，大胜是我讨厌的人之一。不知我们俩有什么深仇大恨，他几乎每次遇到我都追着我疯吼。当时我年纪小，虽然天不怕地不怕，但从心底里有些怕大胜。大胜长得人高马大，衣衫褴褛，蓬头垢面，加之声音如天上的雷，只要大声一吼，整个村子的人都能听见。所以，和大胜的战斗，是我童年生活中比较重要的一部分。

杏子算是猴山的另一大特产。每到麦黄季节，村子里里外外都是杏子。走在路上，脚下都有可能因踩着杏子而摔倒，当时就有一个老人因此走上了黄泉路。猴山即便有很多杏树，可最好吃的杏子还是大胜家门前的那棵树上结的“蜜桃杏”。那棵杏树结的杏子的个头，足足有一般杏子的两倍大，吃起来就像蜜一样甜，所以就成了我们小孩子最喜欢吃的杏子。

记得有一次，我们和狗子、三娃、四水爬到大胜家门前的杏树上摘杏子吃，不料被大胜堵在了杏树上，害得我们四个大半天都没敢下树来。

大胜在杏树下大喊大叫，我们就在树上骂他，所有的脏话都骂了个遍，但还是不管用。最后我们没辙了，干脆在树上拿棍子打杏子，大胜在树下依旧喊叫个不停，我们生气了就把杏核丢在大胜头上，可大胜还是不离开，最后狗子干脆脱掉裤子撒尿，大胜似乎也不在乎，而且还张开了嘴喝尿。我们几个都笑翻了天，我差点儿从树上掉下去，幸好被四水抓住了胳膊，算是捡回了一条小命，现在想来都有些后怕。最后，大胜娘回来了，可能是怕我们几个从树上掉下来，她负不起责任，所以就把大胜赶走了，温和地叫我们几个下来。可当我们几个乖乖地从树上下来后，她突然咒骂道：“我把你们狗日的……”

我们几个看势头不妙，便仓皇而逃，身后飞来的是大胜娘手中的扫帚。等跑远了，我们几个才开始以牙还牙地乱喊乱骂，大胜娘差点儿没有气晕过去。对于年少的我们而言，吃了一肚子最好吃的杏子，挨几声咒骂算什么，反正是赚了，转眼也就忘了。

童年中，大胜于我的记忆并不多，但非常深刻。在潜意识里，从我生下来，他就是我的死对头。

后来我上学了，也渐渐长大了，大胜似乎也在我的生活中淡化了许多，我也很少想起他。每次放学回家，刚走到村头，就能听见大胜在他家门口喊叫，似乎是欢迎我们。

上中学时，有一次回家，母亲告诉我，大胜死了。当时我并没有在意，只觉得不会再听见大胜的叫喊声了。的确，从此以后，我再也没有听到大胜的声音了。

又过了十多年，我一个人在异乡漂泊。有一次，在大街上听到一个熟悉的声音，我回头一看，竟然是一个乞丐。他似乎也是一个哑巴，但面前放着一个碗，里面有几个五角、一块的硬币和几张纸币，我走过去，投了一块钱硬币后便匆匆离开。走在繁华的街市上，我的耳旁却有一个熟悉的声音响起，我想了很久都没有想起来是谁的声音。

去年春节回家，一路上归心似箭。对一个在外漂泊数年的游子来说，故乡就是一种思念。当我飞越万水千山，终于看到故乡的村头时，又一个熟悉的声音在我耳旁响起，那一刻我才想起是大胜的疯吼声……原来，大胜的声音从未消失，只是我曾忘记了。

站在故乡的寒风中，我的眼前一片朦胧。

我看不到故乡的原貌，眼前却浮现出十多年前的那一幕幕……

6. 打麦场上

在猴山，一年有两个时间最为热闹：一个是春节过年，另一个就是收麦时节。

小麦是北方的主产，这是众所周知的。在猴山，由于气候的原因，都种冬小麦。在秋天播种、出苗，冬天停止成长，春天成长，夏天成熟，具备了四季的精华，因此被称为“五谷之贵”。收小麦自然而然就成了猴山一年中最为重要的一件事。

每逢这个时候，大人们就在田地里忙个不停，可我们小孩儿也不能闲着，往往被赶到麦田里拾麦穗。大人们哄我们，说拾麦穗可以做“麦 shuan”（是一种小麦面做成的有四个爪的事物），于是我们就在田地间乱蹦乱跑。在村子里所有的孩子中，“王八蛋组合”自然是佼佼者。我组织他们七个人一起行动，所以拾获的麦穗往往是最多的。不管是谁家的田，只要是掉在地上的麦穗，我们都会捡回来。当然，大人们也没有时间，麦穗掉在地里，不捡也是浪费了，所以没有人会计较。每年麦黄时节，我们八个小孩就大有用武之地。

但最有意思的是在打麦场上，一来人多热闹，二来还可以抢到很多好吃的。

在猴山，麦子大都是用拖拉机碾的，我们叫“碾场”。就是把所有的小麦平铺在一块场地上，然后用拖拉机带一个石碾子在上面不停地滚动，这样成熟了的麦粒自然就掉了下来，上面都是麦草，下面全部是麦粒；然后把上面的草一层层地揭开，再把所有的麦皮和麦粒用簸箕、铁锹推到一起，拖拉机上套一个风扇，在风的吹动下，麦皮飞走了，就剩下麦粒，这就是“扬场”。

这些活动，我们小孩子一般都不会参与，主要是我们干不了，而且比较危险。尤其是“扬场”，是十分危险的，当时条件比较落后，制作的风扇质量没保证，时常会出事故。

有一次“扬场”，一个大人的手指不小心碰到了风扇就不见了。而且，在农村开拖拉机的人也没有经过训练，驾驶技术自然可想而知了，开着拖拉机撞到人的情况时有发生。三娃有一次就差点被拖拉机撞到，幸好他个头小，反应比较快，算是躲过了一劫。所以，在打麦场上，大人看到我们小孩，总是大呼小叫，不分青红皂白就把我们赶出来。可因为好奇，我们常常围在打麦场周围，总是不愿意离开，大概也是因为看到拖拉机有些好奇吧。小时候，拖拉机在猴山可是唯一的运输工具，几个村也就那么一两台，所以如果能坐上一回拖拉机，那可是我们小孩子夸耀的资本。可是因为那太危险，我们小孩子总不能如愿。

长这么大，我也就坐过几回拖拉机，不能不说是童年的一种遗憾。如今，在大城市里，每天都要坐车，甚至会坐地铁、轮船、火车和飞机，却没有什么感觉，似乎都没有在童年坐一回手扶拖拉机的愿望那般强烈。

在打麦场上，我们小孩子基本不参与干活的事儿，即便想加入也没有大人会同意，原因我刚才也讲了。但吃饭却是我们必须参与的。小孩子都喜欢吃别人家的饭菜，这成了一个真理，早被猴山的老少爷们儿验证过了。即便自己家有肉有菜，也不能和别人家的一顿剩饭相提并论。我想，这大概是小孩子喜欢热闹的缘故吧，凑热闹是乡下小孩子的癖好，在人多的地方抢饭吃也是乡里娃最为快乐的时光。

在城里，每当我看到五六岁的小孩还要大人哄着吃饭，甚至喂饭吃时，常常不怎么能理解。在乡下，这种情况不可能发生，小孩子从自己拿起筷子的那一天起，差不多就没有人喂过饭。可在城里，优越的生活条件并没有使小孩子养成独立的习惯，不能不算是一种遗憾。

在猴山的打麦场上，有许许多多新鲜有趣的事儿，其中我记忆最深刻的就是打麦仗。我们几个小孩子分成两组，一方代表警察，一方代表逃犯。在规定的时间内，警察抓不到逃犯，就算输。这种游戏，我常常喜欢扮逃犯，也说不上什么原因，就是觉得很刺激。我们常常埋伏在麦草中，所以很难被人发现。记得有一次我和水花扮逃犯，为了躲开狗子的追捕，找了一个隐蔽的草垛，然后挖了一个洞，让水花先钻进去，我清除痕迹后也钻了进去。我和水花钻在一个洞里，水花咯咯地笑个不停，为了控制她的笑，我让她咬着我的肩膀，这样就不出声了。聪明的狗子在我们面前晃悠了三四趟，都没有发现我们隐藏的地方。水花想笑，但又不能笑出声来，就狠狠地咬我的肩膀。为了完成一次完美的隐蔽，我忍受着疼痛。等宣布胜利后，我们从草垛里爬出来，我终于大喊了一声。大家都跑过来看，才发现原来水花快把我肩膀上的一块肉咬掉了。

水花看了有些怕，吓得不敢出声了。

四水对水花有些抱怨地说："你是小狗啊，把猴子哥都咬成这样了。"

我忍着痛说："不疼，水花，这算什么？要不你再咬一口，我这个肩膀也有些痒。"话虽这么说，但当时疼痛的泪水早就在我的眼眶里直打转。

水花听了，吐了一下舌头，又咯咯地笑了起来。

这些记忆，早已成了往事，但回忆起来却是那么美好。

在这种美好中，却有一种无法言说的伤感在心中回荡。童年，真的再也回不去了！

7. 外婆的爱

晚风轻拂澎湖湾
白浪逐沙滩
没有椰林缀斜阳
只是一片海蓝蓝
坐在门前的矮墙上
一遍遍怀想
也是黄昏的沙滩上
有着脚印两对半
那是外婆柱着杖
将我手轻轻挽
踩着薄暮
走向余晖
……

每次听到这首《外婆的澎湖湾》，我都会情不自禁地想起年过古稀的外婆。

童年时，我和外婆在一起的时间加起来也不过一年。但那段时光总是很特别，让我记忆犹新。至今想来，童年的我都被外婆的爱层层包裹着。

外婆的一条腿曾摔断过，由于当时的医疗条件限制，没有得到及时的救治，因此落了个残疾，走起路来有点跛，只能靠拐杖度过晚年。

和外婆在一起最长的时间大约有一个月，在那一个月里，我算是也闹出了名。当时，骂人是我的看家本领，这个“特长”在外婆生活的小村庄也得到了很好的施展。那个巴掌大的村子，也终于见识了我非凡的骂人能力。当然，打架的事也不例外。那一个月，我和外婆所在村子里的大大小小的小孩几乎都打过架，虽然我势单力薄、寡不敌众，但手脚麻利，也没有吃过什么大亏。

记得有一次和一个比我大好几岁的男孩子打架，论个头，我远远不是他的对手，可最终我还是赢了，打得那个男孩子鼻子都流血了，结果他们家人找到了外婆家。我一个人躲在门帘后面不敢出去，外婆怎么把他们打发走的，我不得而知。过后外婆告诉我，不能和别的孩子打架，要不然就叫我娘把我带走。

说心里话，虽然在猴山每天有“王八蛋组合”陪我一起疯玩，但我还是喜欢待在外婆家。外婆对我的宠爱自不必说，主要是外婆做的饭我最爱吃。当时，由于经济条件限制，我们家还比较穷，虽然不至于揭不开锅，但每天也就是清汤和馒头凑合着过日子，吃饱都成问题。而外婆家情况比较好，主要是外公在外行医，所以时常带回很多好吃的。外婆不让小姨吃，把最好吃的东西都留给我，而且每天做我最爱吃的鸡蛋饼，所以童年的我和外婆最亲。谁有好吃的好喝的给我，我就和谁最亲，这是一个稚嫩的孩子最本真的情感反应。

后来，外公去世了，留下外婆一人。外婆的笑容也渐渐少了，我也很少去外婆家了，因为我上学了。

前几年春节回家，我又去看外婆了。外婆脸上的皱纹更多了，人也消瘦了很多。我喊了一声“外婆”，她竟然都有些认不出我来了。

如今，年近八旬的外婆一个人生活，过着活一天算一天的日子。究其原因，是农村家庭结构的变化。按理说，我有四个舅舅，养活一个孤寡老人应该不成问题，但是在那种特殊的家庭中，却变成了“老无所养”。

外婆并没有抱怨，还常常问这个问那个，总是关心着她的儿子、孙子和外孙，甚至更多的人。当说起我小时候调皮捣蛋时，外婆脸上露出了笑容，讲了很多我自己都不知道的童年所做的荒唐事。

我知道，现在的外婆并不需要什么，只想有个人陪她说说话，但这似乎都是奢望。

离开了外婆，我又要去为自己的生活而犯愁。耳边又想起了那首熟悉的歌，心里一阵难过。

在城里，我吃过一道叫“外婆菜”的美食，口感极好，嚼之有劲，愈品愈香。我想，无论吃什么，我还是怀念小时候外婆亲手做的那一道菜。

外婆的爱，是一首歌，是一道菜，永久地停留在已逝的时光里，回味时温馨无比。

8. 生死誓言

在我八岁之前，有一位老人，曾给我讲了许多有趣的故事，可我记忆不好，只记住了一个叫红鬃野马的故事。

后来，我在网上查了一下，发现确有这么一个故事。据说是西安城南大雁塔附近有个武家坡，上有一孔破旧的窑洞，洞沿上题有“古寒窑”三个字。相传当年王宝钏苦守寒窑十八载，就是在这里等待丈夫薛平贵的归来。

王宝钏本是唐懿宗时期宰相王允的女儿。一年春天，王宝钏带着几个丫鬟到南郊踏青，不料遇上一伙不明来历的风流公子追随纠缠，令人讨厌却又摆脱不掉。这时，旁边一位衣着陈旧的年轻书生看不过去，果敢上前拦阻这伙人的无礼之行。这伙锦衣公子根本不把这书生放在眼里，七手八脚地推搡着他，还骂道：“哪来的野小子，在这里管起爷们儿来了！”书生毫不畏惧，回敬道：“路见不平有人铲，光天化日之下调戏良家妇女，岂有此理？”锦衣公子们当然来气，心想你这小子怕是吃了豹子胆，于是一拥而上，对那书生拳脚相加。

王宝钏暗自佩服这书生的功夫和胆略，见那群风流公子走开，连忙上前作礼感谢。书生略有些腼腆，连声说：“理当如此，小姐不必多礼！”于是，两人一同度过了一个下午，言语十分投缘，彼此从对方的眼神中都能读出几分爱慕。日暮分手时，两人眼光中充满眷恋与不舍。

王宝钏与薛平贵这次邂逅，互倾爱慕之情，丞相王允嫌贫爱富，将宝钏逐出家门。西凉夏国来犯，薛平贵别窑从军，魏虎嫉贤妒能，屡屡加害于他。后来，薛平贵战场被救，代战公主以身相许，王宝钏孤守寒窑，苦等苦盼十八载，以示对爱情的忠贞。

故事可能有几个版本，但我从那位已逝的老人口中听来的却是一个充满神话色彩的爱情故事。大概说薛平贵是王宝钏家的下人，睡在马槽里。年长日久，王宝钏对他心生爱慕。王宝钏一天晚上偷偷看薛平贵，却发现熟睡中的薛平贵耳朵、鼻子和口中都有蛟龙穿梭。王宝钏问父亲，父亲告诉她："人睡蛟龙穿，乃武夫状元之命也。"果然，后来薛平贵考上了武状元，官府的人来接他，送来一匹红鬃野马，薛平贵骑着红鬃野马飞天而去。后经战乱，王宝钏躲避在寒窑十八年，终于等来薛平贵。可她都认不出他了，竟然把薛平贵挡在门外，经过盘问，才知是她私定终身的人……

我和四水最喜欢听故事了，所以常常去听老人讲。给我们讲故事的老人，不知从哪里听来的这些故事，但她讲得绘声绘色，时隔二十多年了，我仍清晰地记得当时她讲故事的那种神态。她是一个爱笑的老人，但没了牙齿，所以一张嘴就会有唾沫星子飞到我们的脸上，但我们从来都不嫌弃。每次听她讲完一个故事，我们的脸上都像下了一场绵绵细雨。

我们是一群令人讨厌的孩子，主要是因为我们常常打架骂人，当然也会干些偷鸡摸狗的缺德事。所以，很多大人看见我们，就像看到了老鼠，人人喊打。可那位老人却从来不嫌弃我们，甚至会微笑着告诉我们，要做一个好孩子，这样长大了才能娶到媳妇。这时我们就会说我们不要媳妇，要是像二泼妇那样的，那还不倒霉一辈子？老人又呵呵一笑，劝我们不要去惹麻烦，还给我们讲很多的故事。也是从那时起，我们也渐渐地收敛了自己的恶作剧行为，开始向一个好孩子转变。老人所讲的故事，也是我童年最初的启蒙，我从那些故事中开始有了善恶的判断，开始有了想象，甚至幻想着自己也像薛平贵一样骑着高头大马，那样该是多么骄傲和自豪！我也对爱情有了最初的理解，那就是王宝钏守候的十八年光阴。我们当时并不知道十八年是一个怎样的概念，老人就告诉我们，就是我和四水、二愣三个人年龄加起来的时间。

几年前，讲故事的老人走了。重回故乡，我看到一个长满野草的土堆，乡亲们告诉我那就是她的坟墓。提起她生前的情况，有人告诉我，她是微笑着离开的。前一天还在给孙子喂饭，还和邻居聊天，第二天早晨不到一个小时就离开了人世。这个世间有几人能够微笑着离开呢？老人做到了。她从未奢求，也从未享受幸福，但她终生无憾。所以，在最后一刻，她都保持着微笑。

我一个人站在老人的坟墓前，寒风肆意地吹打着我，可我的记忆一直停留在童年的那个时刻：我们几个孩子围着老人坐在热炕上，屋外寒风呼啸、大雪漫天飞，屋内火炉里火花四射，老人微笑着给我们讲了一个又一个故事……

她的笑容永存在我的童年，甚至我这一生。

9. 苹果之乡

黄土高原的山旮旯里，素有“不毛之地”之称，如今却是整片整片的绿色，不能不说是一个奇迹。当然，这个奇迹的制造者自然是党的好政策。“西部大开发”的号角吹到哪里，哪里的荒漠就会变成良田，哪里就是一望无际的绿色。

苹果，我从小就不陌生，也可以说是吃着苹果长大的。所以，现在我不怎么喜欢吃苹果，主要是因为小时候吃得太多了。当然，还有一个原因，就是城里的苹果实在太难吃了。在超市里看到五六块钱一斤的苹果，有些城里人自以为那算是高档苹果，可在猴山那只算是三流的苹果，基本上人都不会吃，不是卖钱就是喂猪。有人可能会觉得我言过其实，所以一直抱以怀疑的态度，但我一般不会去解释。“物以稀为贵”，有些城里人一辈子都没有见过麦苗，压根儿就不知道粮食是怎么来的，所以解释也无用，这就好像世世代代生活在猴山的乡下人从来也不会相信城里的女人穿衣服裸露着背和性感的腿一样，这就是城乡之间的巨大隔阂。就这个问题，有城里人曾骂乡下人是老封建、落后，可城里人从来不知道，他们从超市里选购的自认为高档的苹果，在乡下其实不过是喂猪的，这似乎是对城里人的一种嘲弄。所以，我得出一个结论：从穿衣服和吃苹果就可以把城乡之间的距离缩小，尤其是文化观念上的差距。

在我童年时，猴山其实苹果也不多，每家也就是那么三五棵树，所以也就勉强够吃而已。当时的苹果品种也不多，无非是红秦冠、红富士、黄秦冠等之类。我记得最好吃的苹果是长在水花家后院的一棵黄秦冠树上的。一般苹果到中秋节过后才能吃，可水花家的黄秦冠农历六月份就可以吃了，吃起来有些酸酸甜甜的，但很嫩，最合我们小孩子的口味。所以，水花家的那棵苹果树上的苹果，基本上都是我们“王八蛋组合”消耗掉的。水花妈为人比较和善，从来不对我们小孩子动怒，我从未听到她骂过我们一句脏话。何况，她也是我心中的“丈母娘”，所以我特别尊重她，每次看到她就喊一声“婶”，而且也经常帮她干活，因此她对我的印象很好。每逢有人在她面前告我的状，她都不相信。我和水花自然每天待在一起，也从来不怕遭到她的反对。

二愣家院子后面的一棵苹果树，也是我们经常造访的地方，不是因为它长出的苹果好吃，而是那棵苹果树的造型很好，树冠很大，枝叶繁茂。在炎热的夏天，我们几个小孩子躺在下面都不会被太阳晒着，所以我们常常在那棵苹果树下面睡觉。我们伙伴头靠着树干，脚朝外，然后依次躺在树下，就像一个罗盘。我们睡的位置基本上是固定的，水花睡在我的右手边，我伸手就能摸到她的脸，她是我的媳妇，那个位置当然属于她。不过，山桃常常躺在我的左手边，我也不记得是怎么分的。反正我的左右都是水灵灵的姑娘，至今想起来心里都美滋滋的。我从小就特别喜欢和女孩子在一起，这大概也是我的本性。上大学时，在心理学课上有一个专门测试同性恋的答卷，可测出来的结果却是我竟然有轻微的同性恋倾向。我当时觉得出题的人太无知、太荒唐了，像我这样的人压根儿就不会有同性恋倾向。我一向坚信一个原则，同性之间即是战斗，异性之间才能和平。从小，打架斗殴那是我的专长，但我从来不打女生，当然也没有碰到过要打我的女生。所以，我的童年也可以说是“苹果树下的童年”。在苹果树下，有太多让我留恋的时光。

猴山被授予“苹果之乡”的美称，苹果成为猴山的经济特产，让猴山以及周边地区迅速发展起来，这其实都是后来的事。猴山的苹果，最上等的差不多都送礼了，有些猴山人和城里人沾亲带故，逢年过节也没啥好送的，也就送一两箱苹果讨好城里的亲戚。这样送了有好几年，送礼也送出了大名气。很多城里人也尝到了甜头，觉得猴山的苹果的确好，于是也专门托人在猴山买苹果再送人。就这样，猴山的苹果也以味道美、颜色艳、含糖量高闯出了一片天地。后来有专家专门来猴山考察了一番，发现这山旮旯里竟然是最适合栽植苹果的地方。再加上正好赶上西部大开发的好政策，退耕还林，一大批新品种苹果树苗被运送到猴山，猴山的每一个角落都栽满了苹果树苗。三五年后，猴山成了一片苹果种植园，家家户户都有上百棵苹果树，每年的产量成千上万斤，猴山人一下子富了起来。所以，现在的猴山已非往日的猴山，猴山人也走上了致富奔小康的大道，过着吃穿不愁的幸福生活。这一切的美好生活，都是我童年之后的大变化。

在我的记忆中，猴山并不是苹果之乡，只是家家都有苹果树，我也吃够了苹果。无论走在猴山的哪条山路上，都可以看到苹果树。要是在苹果成熟的时候，走在路上都有可能被从树上掉下来的苹果砸着。而且，在猴山，顺手摘一个苹果吃也根本不算什么偷窃行为。小时候，我和狗子、四水一起偷吃过很多东西，但从来没有人说我们偷苹果，一来因为那时苹果不值钱，二来家家都有几棵苹果树，谁稀罕偷？只是路过了想吃就顺手摘了一个而已。可时隔十多年后，我又重回到猴山，走在山道上，看到伸手就可摘到的苹果，本想去摘一个尝尝味道，可手刚伸出去，就有一个小孩在果园里喊我偷吃苹果，我的手又迅速地收了回来，尴尬又好笑地看着他稚嫩的脸。

今非昔比，对我这个漂泊异乡多年的游子来说，那个生在猴山的小孩是陌生的，一种原本在我童年中非常正常的行为现在却变了说法。对于面前的故乡，我也感到一种前所未有的陌生。

我所在的故乡，只是童年记忆中的故乡，而不是眼前这个让我千百次期盼、千百日守望的故乡。

如今的猴山，我对它的陌生丝毫不下于它对我的遗忘。我想，这大概就是：人走了，除了留下记忆，什么都没了。

10. 桃花情结

“在那桃花盛开的地方，有我可爱的故乡……”每当听人唱起这句歌时，我的眼前就浮现出一片桃林，那就是我的故乡。

在每个游子的心中，家乡的景色都是最美的，这是一个不争的心理效应。可家乡到底美在何处，很多人却说不清。猴山横卧在黄土高原的山旮旯里，照说也没有什么可赞美的。记得第一次到南方，当我说起自己的家乡时，很多人把黄土高原和“沙尘暴”、“缺水”、“一辈子不洗澡”联系在一起，谁也不会想到，在那遥远的大西北的黄土高原上，竟然也有桃花灿烂，也有樱桃艳艳。要不是亲眼所见，这简直就是天方夜谭。但我要说，在猴山，的确有一片桃林。春天来时，桃花开满山，蜜蜂早晚忙，农夫急下田，学童把歌唱，到处是一片繁忙的景象。

前面我说过，除了我这个叫“猴子”的人，猴山没有一只猴子，但猴山有一片方圆数百里最美的桃林。小时候，我从未到过猴山方圆二十里以外的地方，自然也不知道别处有没有桃林，觉得那片桃林没有什么了不起。可后来长大后，在猴山周围走了很远，甚至走出黄土地，都未发现有什么桃林。我才发觉，原来猴山的那片桃林，也是一个例外，尤其是在严重缺水的黄土高原上，能有那么大、那么美的一片桃林，不能不说是一个奇迹。在这个奇迹的背后，自然也有很多陪伴我童年的故事。

春天来临，燕子从南方飞来时，桃花便悄悄地开满了整座山。在我的记忆中，桃花灿烂，似乎是一个梦，常常在我毫不留意之时，睁眼就能看到漫山遍野的桃花。

我们上学的路要穿过一片桃林，所以每天早晨都能听到蜜蜂在花丛中忙碌采蜜的声音。我喜欢坐在桃树下听蜜蜂“嗡嗡”的叫声，有好几次因为太过痴迷而迟到了，还遭到了老师严厉的批评。幸好当时我的学习成绩也是数一数二，才免去了一个汉字罚写五百遍的“变态”教育行为。桃花盛开时，我就常因迟到而被罚站，招来很多同学看笑话。

我们“王八蛋组合”中的几个人，除了水花和山桃，没有几个喜欢桃花的。男孩子看到桃花就会折一大把拿到手中，虽说我们几个干了不少缺德的坏事，但我从小就不大喜欢那种破坏桃林的行为。山桃虽然比较喜欢桃花，但手和男孩子一样痒，常常折一大把桃花，所以经常被我劝止。我和水花在喜爱桃花的方式上可算真正的志同道合，我们都爱桃花，从来不破坏桃花，就喜欢坐在桃树下听蜜蜂采蜜的声音，或站在不远处静静地欣赏。我打小就是一个好斗好动的孩子，但观赏桃花时却变成一个十分安静的人。从那时起，我大概已经是那种爱热闹也爱清静、爱群居也爱独处的人。

一天清早，天刚蒙蒙亮，水花就在院子外喊我一同去上学。我从炕上一骨碌爬起来，提起书包就往外跑。我们俩一路跳一路跑，直奔那片桃林。由于出门的时间早，所以我们有时间去看上学路两旁最美的桃花。我们俩在桃林中低着头走了很久，终于在一棵有碗口粗的桃树下停了下来。

水花望着那棵大桃树动情地说：“猴子哥，这棵桃树是我见过最大最好的桃树……”

我爬上了桃树，正想给水花折一枝最好看的桃花给她，却被水花劝止了。

水花大概太喜欢、太高兴了，忍不住用小手去触摸桃花，结果惊动了正在花蕊中采蜜的一只蜜蜂，手被蜜蜂蛰了一下，顿时哭着流出了眼泪。

我急忙跳下桃树，看到水花的一个手指头已经肿了起来，于是便把她的手指头放在口中，帮她“吸毒”。水花终于不哭了，手指头也没有继续肿胀，可我的舌头却麻麻的，就像吃了一粒花椒一样，等我们到了学校，我的舌头已经不能动了。

早晨上语文课，老师提问“珊瑚”二字怎么读，本来我知道，但是发出声却变了样，当时我读成了“骚货”，招来同学一阵阵耻笑，老师立马对我这个好学生翻了脸，正想对我进行一番思想政治教育，却发现我的舌头因中毒变成青黑色了，于是马上找同学把我送到了附近的诊所，我才躲过了老师的一顿臭骂和指正。不过，看病的老先生却对我进行了一番医学教育，那也算是我童年记忆中第一次和医生近距离的接触。在我的童年中，医生和解放军是两种最为神秘的人物，轻易是不能去接触的。医生动不动就把一个针头往人的屁股上扎，想起来都有些恐怖。至于解放军，自然是因为崇拜所以才有此种想法。老先生为我开了药，然后叮嘱我怎么吃，似乎并不那么恐怖，所以从那次以后，我觉得医生也不过如此，至少我幼小的心里再也不怕他们了。

此后，每次看到桃花，我都会想起那一段童年往事。对那件事，水花也记忆犹新。二十多年后，她在电话中依旧对我当时的举动大为赞赏，甚至对我说，这个世界上再也没有第二个男人对她那样，那是她一生最幸福、最美好的时光。

听了水花的话，我在电话这边沉默了许久，心想，我何尝不是呢？可水花已经有她自己的生活了，我也还是这样继续漂泊着，我们都无法再回到从前了。

从童年开始，我就有一种剪不断、理还乱的“桃花情结”。我只是喜爱桃花，或者说喜欢和水花一起看桃花，但我们并不知道桃花预示着什么。其实，这些都已不重要，桃花是生长在我童年甚至生命中的一种花，它代表了我童年的希望和如今的思考。猴山的那片桃花，依然在阳春三月灿烂盛开，也许会开在那些在故乡成长的少年的心中，但开在我心中的那片桃花早已凋谢，永恒地珍藏在那些逝去的时光里。

如今，我只会在一个温暖的日子里，一个人轻声吟唱：“在那桃花盛开的地方，有我可爱的故乡……”

11. 上学路上

在童年，上学是成长中一次重大的蜕变。

上学了，再也不能像小屁孩一样每天在苜蓿地里捉蝈蝈，也不能玩那些太低级的游戏了，而是要每天坚持早睡早起、读书写字。在学校，要接受老师的监督，还要和同学竞争，争取拿个第一名。在家里，要接受父母的检查，要是一学期下来考不到前一二名，真是无颜见父老。尤其是在农村里，谁家的孩子成绩好，基本上就是宠儿，天天被村里奉为教育自家孩子的偶像。那些学习成绩差的，自然就被人看不起，而且经常被人嘲弄，那种滋味可十分不好受，对一个稚嫩的孩童来说，简直是莫大的伤害。

说起上学，从小骂人打架出了名的我，在走进学校的第一天，就清晰地听见老师对我父亲说的一句话："这就是你家的孩子啊，早就听说了……"我当时一副满不在乎的样子，可父亲点头哈腰、畏畏缩缩，似乎是他也犯了莫大的罪一样。然后父亲从他的衣兜里拿出一盒大前门烟，也算是那个时代的名牌烟了，老师才笑眯眯地接过烟，说了几句不痛不痒的话，然后就把我安插到学前班，我们当时叫"春季班"。就这样，我就正式成了一名祖国培养的花朵，接受正式的教育了。

和我同时上学的还有"王八蛋组合"中的狗子、二愣、三娃、水花和山桃。四水家当时比较穷，过了一个学期才上学，不过四水比较聪明，没有上春季班，所以后来就和我在一个班级。六七比较小，还未到上学的年龄。不过，两年后，我们终于又走在了一起，那时我和四水、水花、山桃已经上二年级了，其他的几个留级了。每次上学和放学，我们八个人的队伍都浩浩荡荡的，在当时也算是出了名。

刚上学，我有些好动，不大习惯接受学校的教育，受到老师的多次批评，罚站挨打也是常有的事。记得在一年级时，有一次我剃了个大光头，结果有一天家庭作业出了错，被“摇头老师”用教鞭在手上抽了几十下，然后把我拉扯到学校的操场上，站在火辣的太阳底下接受惩罚。说起“摇头老师”，我既怕又恨。他可能先天有病，总是不住地摇头，上课时头像个电风扇，左右摇个不停，所以同学们都叫他“摇头老师”。当然，我们只有在背后才敢这么叫，当着他的面连大气都不敢出。我一个人站在操场上，我同学的一个姐姐，当时好像是四年级，正好和几个女生路过，看到我就笑话我，而且还在我的头上摸了一把。当时我不敢反抗，心里却暗下决心，一定要在她脸上摸一把。后来，我的誓言终于实现，她中途好像留了几级，所以上中学时我们竟然成了同班同学。在一个漆黑的早晨，出操的时候，她终于遭到了我的偷袭，也算是圆了我多年的一个心愿。不过，那时我们都长大了，她虽有些不好意思，但也一转眼就过去了。

我记得小学校长有一句名言说：“严是爱，松是害，不打不骂要变坏。”经过“摇头老师”的多次惩罚，我也终于醒悟。当然，我一直不认为这与他的教育有何关系，主要是我长大了，也开始知道第一名和最后一名的关系了，所以安心好好学习了。“摇头老师”的教育，纯属一种变态的棍棒教育方式，要是放在今天，他估计早就蹲大牢了，但是在那个年代，老师是任何人都不敢得罪的，所以任由他们拿着柳条把我身上打得青一块紫一块，疼痛只有自己知道，且不敢告诉家长。虽说我一向调皮捣蛋，但上了小学三年级后，成绩却一直不赖，反正在整个年级里一直保持前三名，而且第二名和第三名好像只有一次，所以在学校老师的眼中，我应该算是有知名度了，什么学习委员、三好学生的奖状我也拿了一大堆，起先贴在墙壁上炫耀，后来干脆用来包书、糊墙了。水花和山桃一样，学习成绩也比较好，四水还不错，至于其他几个，在学校的待遇和当初“摇头老师”对待我一样，有几次二愣和六七竟然以逃学来抵抗。狗子和三娃从来不是省油的灯，天天和学校的同学打架，成为学校严打的对象。那时，除了在上学路上我们依然在一起，其他时间基本上都不是一个道上的了，我们“王八蛋组合”也开始分化了。

我们的家和学校之间隔了一座大山，那就是有名的猴山。去学校要翻过猴山，所以遇到刮风下雨的时候，我们基本上就是泥里滚、雨里爬地上学或回家。也因为这样，上学路上的那些事，给我留下了很深的印象。

有一年冬天，天降大雪，整个小路都被大雪封住了，积雪大约有两尺厚，一蹲下整个身子都被雪埋住了。就在那样的情况下，我们还是要去上学，而且谁也没有为难父母。即便是学习不好的二愣和六七，在我的带领下，上学也从来没有落后过。当时雪太厚，水花和山桃都有些怕，于是我负责背水花，四水背山桃，一起去上学。走着走着，遇到了一个雪坑，我脚下一滑，整个身子全部倒下去了，水花也从我身上滚了下来。由于是下山，所以我们俩都滚了差不多两米远，我急忙抓住水花，水花没有哭，但是眼泪在眼眶里打转。四水看到我们摔得那么惨，开始笑话我们，得意忘形中也摔了一跤，山桃和他的遭遇与我们也差不多。山桃翻起身来，身上全都是雪，抓起一把雪直接塞到四水的嘴里，四水吃了雪，还美滋滋地说：“真好吃！”他这么一说，我们几个人都乐呵呵地笑了起来。

一段山路，我们差不多走了将近半个小时，二愣摔了至少有十多次，成了我们公认的“摔跤大王”。当时，虽然条件很艰苦，但我们从来都没有抱怨过一句。现如今，一个人静静想起来，真是有些不可思议。就是在那样的环境中，我一步一步地走过来，所以面对任何困难，我从来都没有丝毫胆怯。这段回记，值得让我一辈子去回味。

苦难不算什么，扛过去了就是一种幸福的回味。有了童年的那些艰难，我才变得坚定、自信和勇敢。我坚信，和我一同走过那段路的伙伴，一定和我一样，在人生的道路上从来都没有放弃。

我也祝福在天堂的四水，相信他也和我们一样，在一个寂静的角落里，一直不停地走，去找寻最美的风景。

12. 童年之歌

童年，是一个充满儿歌的年代，是我这一生中最肆无忌惮地张开嗓门的年代。

不知道害羞的时候，人才最本真。当人渐渐长大后，却发现自己越来越畏缩，也开始学着别人生活，以致失去了自我。任何一个人，从童年开始，就已经走在了“失去自我”的道路上。很多人一生所追寻的，并不是真正的自我，而是他心目中崇拜的别人。看着别人的成功，逼迫自己奋进；看着别人的富有，渴望自己创造；看着别人的痛苦，警示自己避免。在与别人的对比中，我们失去了自我。从童年懂事的那一刻起，我们不就是一直这样吗？

我今生学会的第一首歌是《世上只有妈妈好》，当时只会唱，但不知道具体的意思。这首歌是水花教我的，水花的嗓子好，唱歌可好听了，所以她算是我的儿歌老师。我第一次开口唱歌，和第一次开口骂人完全不同，那种感觉怪怪的，不知道自己唱得好不好，好像唱歌的声音不属于自己一样。骂人对我来说轻而易举，开口骂人是我的强项，可唱歌就不是那么一回事了。第一次开口唱歌真有些不好意思，倒不是怕别人笑话，主要是感觉唱歌的时候自己好像不是自己了，似乎变了一个人似的。但在我的“小新娘”水花的开导和鼓励下，我还是勇敢地走出了第一步，从敢唱到肆无忌惮地唱，基本上还算顺利。后来上学了，基本上天天学唱歌，自然就没有什么了不起了。如今看来，那时唱的歌，似乎都有些老土，但在当时，却是流行和时尚的代表。什么《歌声与微笑》、《上学歌》、《每当我走过老师的窗前》……基本上都是这个年代的孩子很少听说的一些歌。那个年代的我们，从来没有看过动画片，也没有什么娱乐设施，最大的娱乐就是张开嘴巴乱喊乱唱，也算是最为快乐的事了。我们一大群人常常站在山巅上肆无忌惮地唱歌，那种感觉真是酣畅淋漓。尤其是二愣唱歌，那声音就像我们家的老毛驴发情时的叫声。他只要一张口，我们基本上都会停下来，听他狂喊，鼓掌欢呼。我最喜欢听水花和山桃唱歌，她们俩一张口，我就沉浸在她们的歌声中，连饿了都不知道难受。有人说秀色可餐，我认为歌声也可餐。

上小学时，差不多每天都有一堂唱歌课，好像是两三个年级坐在一起，但只有一个老师，是个师范毕业的男老师，不过他叫什么名字我已不记得了，这多少也算是一个遗憾。我们那时候上课也没有什么乐器伴奏，我就见过他在我们几十个学生面前吹过笛子，那把笛子也算是我最初见过的乐器了，当时恨不得自己也有一个。但后来我终于赚够钱买了一个，吹了大半年都没有吹响，看来我天生就没有音乐细胞。喜欢是一回事，但学习又是另一回事，这就好比是有些人家里放着数十万的钢琴但从来没有碰过，有些人家里藏书上万可从来没读过，其实是一回事，那都是摆设。所以，对音乐，我只能当喜欢好了，有些望梅止渴、画饼充饥的味道。

有一次唱歌课，老师教我们学唱《让我们荡起双桨》，当时那个旋律让我有些痴迷。我第一次听到那么好听的儿歌，尤其是当那么多童声齐唱起来的时候，感觉更是完全不一样。老师教我们唱了几遍，然后让我们自己学唱。为了让我们尽快学会，他不断地开导我们，让我们唱歌的时候想象眼前是一个很大的湖，有一只小船，我们坐在船上，尽情地欢唱，过着无忧无虑的快乐生活。也许，是歌词中描写的意境太美好了，我竟然想得有些入神。别的同学都跟着老师唱歌，我就像一个傻子一样，坐在那里一动不动。结果，老师领唱了两遍，终于发现了角落中纹丝不动、连口都没开的我，于是老师便指着我的方向问我：“那个同学起立，为什么不跟着唱歌，是不是已经会唱了？”

我在同学们疑惑和惊讶的眼神中默默地站了起来，有些激动地对老师说：“老师，我看见了……”

老师也有些惊讶地问我："那你看到什么了？"

我一本正经地说："我看到一个很大的湖，上面有一个小船，我们……"

老师打断我的回答直接问："你看到的湖和船在什么地方呢？"

我从幻觉中清醒了过来，低声说："在眼前。"

我这话刚一出口，同学们都哄堂大笑了起来，连坐在我不远处的水花都笑成一朵花，好像丝毫没有怪罪我的意思。

老师听了后，也开始笑了起来，没有批评我。就因为这一句话，我成了唱歌课的焦点人物。后来很多次，老师都会问我："上次的那个同学，你今天又看到了什么呢？"

好多年后，在外漂泊了数年，我也差不多都淡忘了童年的那些事。有一次回乡和二愣聊天，他对着我问："猴子哥，当年你的想象力太丰富了，我咋就没有想到呢？"

我笑着对他说："你不专一，怎么可能想到呢？"

二愣嬉笑道："你当时咋就没有想别的呢？"

我又笑了一下说："你当时那个嗓子啊，咋就不敢开口呢？"

说着，我们都哈哈大笑了起来。当时，在唱歌课上，二愣就学会了假唱，他怕真唱出来出丑，所以就假装张合着嘴，有时嘴型对不上，他就装着咳嗽一下。这个秘密，只有我和狗子、四水三人知道。时过二十多年，当年的秘密已经不是什么秘密了，但二愣绝对是假唱的专家。要是现在那些明星站在台上装疯卖傻地假唱，二愣一眼就会看出马脚。要假唱，还得学学二愣，谁叫他是"假唱专家"呢！

童年的歌，唱到老都不觉得过时，年龄愈长，这种感觉愈强烈。老歌不会过时，会珍藏在我们心中，会成为一种永恒的怀念。

童年的歌，是一首只有开头没有结尾的歌，需要用心地去唱一辈子。

13. 小学时代

我一直认为，小学是生命中最为特殊的一个时代。因为有了它，才成了现在的我。读书改变了我的命运，小学塑造了真实的自我。至今，我对那段时光仍有一种欲言又止的感情。

别人的小学生活，我不知道是怎么度过的，而我的小学，却是天天陪伴着水桶和扫帚度过的，但这并没有妨碍我成为一个优秀的学生。在那个年代，劳动也是光荣的，也是一种优秀的表现，尤其是不求任何回报的劳动。在今天看来，这的确有些不可思议。

上学了，我们并没有摆脱上山下沟的命运，天天蹲在泉水边，过着一种游离于教室之外的生活。这些只有当年的同学知道，老师最为清楚。

我上小学时，家庭也比较困难，每个学期因为三十块钱的学费而常常遭到老师的“照顾”，幸好当时我的学习成绩数一数二，所以老师并没有把我从学校里面赶出去。因此，我至今对当年教我的小学老师不存任何好感，甚至常常用“忘记”来表达对他们最好的怀念。我认为，他们在我的启蒙教育中最为重要，但是他们并没有达到一个老师的标准，甚至用一种残酷的方式对待我。可他们从来没有想到，反而是那种方式深深地激发了我，让我拥有了一颗坚贞不屈的心，一步一步艰难地走到了现在。

在小学二年级时，我就基本上承担了老师每天喝茶、做饭、洗衣用水的供应工作。在黄土高坡的山旮旯里，一年四季缺水最为严重，这是众所周知的，这种状况至今都没有改变。当时，学校里虽有一口井，但基本上就是一口枯井，一个月连一桶水都没有。所以，老师喝茶、做饭的水，自然就要我们这些学生到山沟里去抬。抬水，现在的人或许有些陌生，在当年绝对是一个时尚的词。一个扁担，两个学生抬一个桶子，就叫抬水。扁担的中间钉一个钉子，主要是防止上山或下山的时候桶子偏移。一桶水大概有 30 斤重，我们抬一桶水基本上要走三四里的山路，而且都是羊肠小道，这绝对不是我夸张。有时候抬一桶水，基本上就是一个早晨，我实在想不通当初用什么时间来学习。凡是给老师抬水的学生，基本上都受到老师的“特别照顾”，可以不上课，也不早读。对于那些不爱学习的孩子来说，绝对有吸引力。当初，虽然我经常缺课，但成绩一直优秀，主要是我借用了太多晚上的时间，在煤油灯下看书写字，才造成了现在的近视。学校老师的水我们包了，这一点尚可以理解，但那只是一部分，有时候还要大扫除。教室里的地面全部都是土，一动笤帚，基本上就是尘土飞扬，和沙尘暴席卷过来时一个情景。所以，当第一次遇到沙尘暴时，我们并没有惧怕，而是敲着脸盆、喊着口号在沙尘中欢呼。教室里面每天必须洒水，这些水自然要到山沟的泉里去抬。我和四水经常在一起，遇上我们值日的那一天，基本上就要抬两桶水。水花和山桃值日时，我们也要去抬水，所以每天都要往山沟里跑，有时一天跑两三趟，最多的一次一天跑了四趟。现在的我，背有些驼，或许就与当年干了太多重活有关。而且，在那些羊肠小道上抬水并不那么简单，要想歇息也得有固定的地方，不然两旁都是悬崖，一不小心，人和桶子就掉进深沟里去了。一次，我和四水用一根担子抬了两桶水，结果太重了，歇息的时候，我们一骨碌都躺在了地上。当时的那种累，现在都能感觉到，那是一种沉浸在我们记忆中永远挥之不去的疲惫。

有一次惨痛的经历，至今我都不想提起。记得那次是我和四水去帮我们的数学老师抬水，那天早晨好像下了小雨，所以道路有些滑，我们俩在山沟里转悠了大半天，才抬了一桶水。回来时，在一个羊肠小道的拐角处，四水脚下一滑，摔了一跤，担子从他肩上滑落，水桶摔破了，一桶水全泼在了我的身上。四水摔一跤，我淋一身水，这都是小事，关键是水桶摔破了，我们俩都沉默了。当时，我有些怪罪四水，四水也没有说什么。我们俩一路默默地回到学校，把这事跟数学老师说了，非但没有得到同情，反而招来一顿臭骂，甚至要求我们赔偿一个新水桶。看看，天底下竟然有这样的老师，现在想起来都让我觉得痛恨。

当时，我们俩没有说什么，从老师的办公室里出来，直接去了教室，都不敢告诉同学。放学后，水花知道我们摔了老师的水桶，而且四水家比较穷，连上学都成问题，我家也不必多说了，每个学期连学费都交不起，也好不到哪里去。当时的一个桶子好像是两块钱，但我们都不敢张口向家里要钱。第二天早晨上学，水花从她的衣兜里掏出了两块钱给我，当时我激动得差点哭了出来。水花家相对好一点，她骗家人说要买作业本，所以才有了那两块钱。为了感谢水花，我背着她走了将近一半的路。我把两块钱在四水眼前一亮，四水充满忧郁的眼神瞬间转化成惊讶。当知道是水花帮了我们时，我从四水当时的眼神中可以看出，他一辈子为水花做牛做马的心都有。那种眼神，是四水留给我最深刻的记忆。

我们俩揣着两块钱买了一个新的桶子，然后毕恭毕敬地送到数学老师的办公室。我记得他当时好像正在批改作业，他老婆好像坐在床边和他的儿子戏耍。他看了我们俩买的新水桶，有些惊讶，随即虚伪又严肃地对我们说："放下，也没有必要买个新的，下次抬水的时候要小心点。"买了个新水桶，数学老师也算没有怪罪我们，抬水的事继续让我们承担。直到小学毕业，我们每天都重复着同样的事。在我们的潜意识里，损害了老师的东西，理应赔偿，也从来没有觉得每天给老师抬水有什么怨恨可言。直到许多年后，我才有一些难以言说的隐痛。

时隔多年，当很多人向我提起他们小学快乐又美好的生活时，我常常保持沉默。在沉默中，有一种痛时刻缠绕在我的心头，我从来都不想提起，那或许并不是谁的错，而是生在那个山旮旯里，注定要那样艰难地去求学。那或许就是宿命吧。

14. 莫大冤枉

我认为，这个世间最让人痛心的莫过于被人冤枉，那种痛是说不出来的，也是致命的，有些人甚至为了摆脱冤枉而一死了之。我虽屡次被冤枉，但从来都没有死的念头。我从小就锻炼出了天不怕地不怕的性格，也就不那么在乎了。一个人被冤枉其实并不重要，也许是因为别人不了解，但如果因别人的冤枉而一命呜呼，那才是真正的冤！

“小偷”是我今生最为痛恨的一个词。在那稚嫩的年代，我们几个小孩曾一度被人当作无所事事的“小偷”，受众人指责，但却无人量刑。说真的，我甚至希望有人给我一个罪行，那样也许会好受点，至少有法可依，但流言蜚语往往会断送一个人的性命，有时候比罪行更可怕。

说起那件事，我至今都觉得心如刀割。时间过去了好多年，但是伤痕似乎并没有完全愈合。有些痛，也许一辈子都难以忘记，只是不愿意去回忆罢了。

那是一个春光明媚的季节，有一天家里没有人，我一个人闲着无所事事，就去了王二婶家玩。她家的胖哥比我大六岁，但先天性弱智，所以我们在一起玩也没有觉得他比我大，至少我是这么认为的。那天王二婶不在家，我就和胖哥两人在他家院子里玩了整整一个下午，直到母亲喊我吃饭，我才极不情愿地离开了他家。当时，一轮明月已悬挂在半空了，我在回来的路上还追着月亮跑了好久，遗憾的是我从来也没有跑赢过月亮。

回家吃过饭，刚睡在床上，就听见王二婶在门外喊我的名字。母亲起床打开了门，请王二婶进了屋。王二婶当时也许认定我就是小偷，所以也没有威逼利诱，而是对着我说：“小猴子，你今天去我们家了，是不是拿了我家柜子上的钥匙？”我当时就懵了，一边说没有，一边直摇头。

王二婶然后就对着母亲说：“他婶，你看这事，今天就小猴子一个人去我们家，不是他拿了还能有谁呢？”

母亲一听，对着我怒斥道：“是不是你拿了？拿了就交出来，不然我就打死你。”母亲刚说完，一个巴掌就拍在我的脑袋上，我踉跄了一下，险些跪倒在地。

王二婶依旧温和地说：“他婶，你不要打孩子，叫他把钥匙给我就行了。”

看来，王二婶是铁了心认为就是我拿了她家钥匙，这真是跳到黄河也洗不清了。最后，看我依旧不承认，便威胁说要是我不拿出钥匙她就不走人。她之所以把偷钥匙的罪名赖在我头上，主要是因为以前我和狗子、四水的确干过不少小偷小摸的荒唐事。偷偷溜到人家的瓜地里吃西瓜、砸瓜园，吃了二泼妇家的樱桃骂了二泼妇，所以在组织偷鸡摸狗的事上我也算是出了名。俗话说得好：“人怕出名猪怕壮。”尤其臭名，一旦传开了，就像毒气一样，所到之处人人都避之唯恐不及。凡是村里丢了东西，一般都会找到我们几个小孩子的家中，这已经不是什么新鲜事了。王二婶用她聪敏的“弱智”很快就锁定了我，何况当天去她家的就我一个人，我自然而然就成了一个永远摆脱不了的嫌疑人物。

母亲问了我好多遍，我都回答没有偷她家钥匙。母亲见王二婶也不愿离开，就拿起柳条朝我身上狠狠地抽，打得我像发疯的野狗，声音传了足有二里地远，惊动了整个猴山村。母亲把我身上抽得青一块紫一块的，逼我拿出王二婶家的钥匙，可我天性倔强，即便打死，自己没有干过的事也绝不承认。后来，邻居听见我的惨叫声，有些于心不忍，纷纷起床来探个究竟，劝慰母亲停止了对我的抽打，然后大家经过商议，让王二婶回家继续找找，说不定是她自己放错了地方，可王二婶依旧不依不饶，临走的时候还发下了毒誓，要是她错怪了我，她就不得好死！当她说这话时，可能从来没有想到事情的结果，所以既然她那样说了，那就只能我不得好死了，招来的是母亲的柳条毒打。那个夜晚，是我今生最痛苦的一个夜晚，也是我今生的又一次重生。

所有人都走了，母亲继续抽打我，主要是为她养了我这个不争气的儿子而难过，把所有的怨恨都发泄在我的身体之上了。打在我身上，疼在她心上，很多年后我也理解了母亲的苦衷。母亲最后还是相信了我，那也是我第一次真正地感受到母亲对我的爱以及恨铁不成钢的心情。

第二天天亮的时候，我的身上全都是肿块，但水花叫我去上学时，我依旧坚持去了学校。一路上，我走路都很艰难，是水花拉着我的一只手，四水牵着我的另一只手，我才踉踉跄跄地勉强可以走路。平时半个小时的山路，那天差不多走了有两个小时，反正是迟到了，老师看了我遍体鳞伤的样子，也没有继续罚站，而是询问了几句就放我们进了教室。那也算是我第一次享受迟到不罚站的特权，当时我才刚读小学二年级。

经历了那次痛苦和冤枉，我完全变了一个人，也算是一次小小的成长，我没有以前那么好动了，也开始变得沉默了起来。

记得好像过了大半年，王二婶又来到我们家，可她这次是来向母亲道歉的。她说她的钥匙在她家的柜子下面找到了，也许是为避免尴尬，所以又加了一句说，也许就是我和胖哥玩的时候丢在下面的，叫母亲不要怪她。我只记得当时母亲看了我一眼，意味深长地说了一句："他婶，钥匙找到了就好，找到了就好……"

很多年后，有一次和母亲聊天，无意中提到了这件事，母亲只说了一句："都怪我！"但从心底里，我从来都没有怪过母亲，因为我知道当时她比我更疼。

一次莫大的冤枉，也让我彻底成长了起来，算是冤枉对我的回馈。但我深知，冤枉的滋味并不好受。不要轻易冤枉他人，寻找事实的真相，然后下一个准确的结论，这也是我后来一贯坚持的待人处事原则。

谁被表面的东西所迷惑，谁就有可能去冤枉他人。冤枉，其实也是一种犯罪，只是没有人量刑而已。

15. 五月初五

五月初五，端午佳节，所有中国人大概都不陌生。在传统文化中，一提到端午节，人们往往和赛龙舟、吃粽子联系在一起，可在猴山村，端午节既不吃粽子，也不赛龙舟，说怪也不怪。究其原因，生活在猴山村的祖辈们，可能一辈子都没有见过粽子啥样，自然更不要说吃粽子了。至于赛龙舟，黄土高原的山旮旯里一年四季连吃饭的水都没有，还赛什么龙舟！所以，在端午节，猴山人用特殊的方式过着他们的节日，和传统的端午节千差万别，但依然别有趣味。

在猴山过端午节，不吃粽子，但吃甜麦（一种把小麦煮熟然后经过两三天的发酵而变成的甜食）；不赛龙舟，但插柳条、绑手链。这样的习俗，可能有别于任何一个地区的端午节。

过节，是我们这些小孩一年最大的期盼。在猴山保留下来的民俗中，除了春节，可能就数端午节最为重要了。每到端午节前几天，我们这些小孩就待不住了，天天嚷着争取好的“福利”。要是哪家小孩过端午节的时候能够绑很多的花线手链，那完全可当作炫耀的资本。过节时，吃得好是一个方面，而能够获得一些特别的欢快，这才是小孩们最为期待的。

到端午节前几天，大人们差不多就开始为过节做准备了，尤其是家中的妇女。在乡下，女主内，男主外，所以过节基本上都是由妇女操办。做甜麦至少需要三天时间，把小麦煮熟后，还需要等热气散去，摸上去有些凉的时候，再把熟小麦再装在一个大盆子里发酵，放些帮助发酵的添加剂（在北方市场上有卖），把盆子密封住。等过了三天，打开盆子，就能闻到一股清香。

有些人家还把甜麦放在锅子里，然后添些水一煮，就成了甜麦水，看起来就像是豆浆，夏天的时候是解渴的最好饮料。小时候，我最喜欢吃甜麦，可离开了故乡，甜麦就成了一种怀念。

最让我们小孩子感到隆重的是插柳条和绑手链。每逢端午节早晨，大人们都起得很早。等我醒来的时候，常常会发现每个房子的屋门上都插满了柳条。刚从树上折下来的柳条，很嫩很绿，插在房门上增添了不少亮色。更让我们感到兴奋的是，自己的手上和脚上都绑上了五颜六色的花线手链。那种手链是用七八种不同颜色的线做成的，绑在手腕和脚腕上，看起来很耀眼。谁家的孩子手链绑得多，就说明他们家的端午节比较隆重，在那个年代，这也是家境的一种体现。虽说手链也不贵，在当时的市场上好像两毛钱左右，但穷人往往是买不起的，有的甚至由自己来做。四水的手链往往就是他妈妈亲手做的，是由黑线和白线做的，看起来很单调，颜色比较暗淡。我和四水关系好，所以往往把自己的手链分他一半，由于我的手链至少要在手上缠好多圈，所以分他一些，我依旧比别的小孩多。四水得到我分给他的彩线手链，见了人就炫耀，那种快乐和幸福是用钱难以买到的，很多年后，我才明白这个道理。

彩色手链一直要绑到七夕，也就是中国的情人节那天，才可以解下来，然后放在院墙上，等喜鹊用嘴叼走。这里也有一个美丽的传说。猴山村的老人们经常这样告诉我们：七夕，是牛郎和织女相会的日子，可他们之间被一条银河分隔两岸，要相会也要有桥，于是喜鹊就搭桥，搭桥的材料就是我们手上的花线手链。等到农历七夕节那天，我们小孩子就很听话地把手上的彩色手链解下来，然后放在自家的院墙上面，喊着喜鹊来叼走。可这样一喊，喜鹊自然就不会来，我们等着瞎着急。等过几天，发现院墙的那些花线手链的确不见了，但是不是喜鹊叼走了，我们谁都没有亲眼见过，所以也就盲目地相信故事了。七夕的夜晚，我们常常会仰起头，渴望看到牛郎和织女相会时的情景。那个时候，我们并不知道牛郎和织女是一个美丽的爱情传说，只能当作是一个故事。所以，在做游戏的时候，我们常常也会扮演牛郎和织女，然后假装在一座桥上相会。当然，我扮牛郎时，水花自然就成了织女。至于牛郎和织女相会后干什么，我们的游戏也就不继续下去了。彩色手链由于是用颜色染的，所以解开手链后，手腕上常常留下彩色的痕迹，等那些痕迹彻底消失，端午节的记忆才慢慢淡忘。对于我们小孩子来说，端午节不是一天，而是一个漫长的记忆。

在故乡，农历五月五日端午节，也许是我今生最美也最长的一个记忆了。

16. 春节过年

一提起端午节，就不能不说春节。在猴山，一年中这两个节日最重要，因而别具民俗特色。这些民俗，猴山人祖祖辈辈都延续下来了，可如今很多也都成了远去的记忆。

在我的童年，猴山人过春节时常常举行大型的拜年、社火和“赶五穷”等乡俗活动，我们小孩子甭提多高兴了。

每年到腊月初八，也就是“腊八节”，各家各户就开始举家打扫屋子，开始准备过年了。打扫屋子后，就开始杀猪宰羊，筹备年货。到除夕夜前二十多天的时间，村民们基本上都不干活了，主要是北方冷，常常大雪封山，想到地里干活也没有什么可干的。在这段时间里，每天都比较热闹，我们小孩子常常去“赶场”，谁家杀猪宰羊，我们小孩子都要去混一顿饭吃，这差不多都成了一种村规。家家的小孩都是如此，所以也就没有什么好奇的，反正只要我们吃完肉菜，也就不再纠缠了。这一段时间是春节的筹备期，真正的热闹是从大年三十的早晨开始的。

一到大年三十，也就是除夕夜的早晨，各家各户都要放鞭炮迎春，这才是我们小孩子最乐此不疲的。放鞭炮虽说比较危险，但谁也阻挡不了我们，因为在过年的时候大人非不得已都是不会打骂小孩的，所以我们也就特别放肆。除夕夜晚上，更是热闹非凡，家家都烧香敬佛，有的房间里关了灯，点上蜡烛和香，锅里头煮的是猪骨头，年味特浓。富裕的人家，常常买很多花炮，我们小孩子就爬到院墙上看烟花，然后一起欢呼。在除夕夜，我们小孩子几乎彻夜不眠，三五成群地在一起，稍微大一点的孩子敲锣打鼓，我们就跟在后面大喊大叫，闹得整个村庄都不得安宁，但大人们都不会怪罪我们，有的大人甚至还会跟着我们一起欢呼。

大年初一大清早，大人们都起得才很早，然后烧香祭拜祖先，小孩子大都睡到九十点的样子才会起床，穿上新衣服和新鞋子，跟着大人各家各户地给长辈拜年。在猴山，拜年比较讲究，也是村民联络感情的主要方式。到了一个长辈家，要先给他们家的祖先烧香磕头，然后才给他们家辈分大的老人拜年。我们小孩子都要双膝跪在地上，新衣服常常会弄脏，但是谁也不会在乎，因为磕完头，我们就可以得到核桃和糖果，这才是我们最关心的。老人们一般不会一个一个地发糖，而是抓起一把糖果往院子里一扔，我们小孩子满院子去抢，特别热闹。

狗子和四水身手利落，往往能抢到很多糖，而二愣往往是一颗糖也抢不到。在初一拜年时，女孩子一般都不参加，所以水花和山桃就只能坐在家里等我们抢到糖和核桃分给她们吃。大年初一整整一天的时间，差不多都是走亲串户地拜年。结束后，大人们三个五个一起打牌喝酒，我们小孩就跑到村头一起玩游戏。

农历正月初五，俗称“破五”。这一天，猴山有一个“赶五穷”的风俗。人们黎明即起，放鞭炮，打扫卫生。鞭炮必须要从院子里往外头放，边放鞭炮边往门外走，说是将一切晦气、妖魔鬼怪都轰赶出去，这些事我们小孩子基本上不参与。在初五的下午，全村老少都要聚集在一起，开始真正的“赶五穷”。以前是一种纯迷信的活动，现在变成了一种村民的庆祝活动，但依旧保留着以前的活动特色。村里选五个青年小伙，经过化妆打扮成神话人物，开路的有四大军帅，即王灵官、赵灵官、马灵官、闻灵官，外加一个天官。赵是赵公明，闻为闻太师，另外两位只知其姓，不知其名，不知是哪一路神仙，其脸谱类似秦腔花脸但有细微的区别。天官是四大军帅的首领，手中拿一个“天官赐福”的牌子，走在四大军帅的后面。小时候，我只扮演过王灵官，记得有这样几句话：“混沌未开没几年，西北角上震乾坤，红眼一睁天昏暗，杀气乌云头上悬，足踩祥云高万丈，云头闪出紫金鞭，要知吾的真名号，监察御帅王灵官。”每个军帅都有这样八句话，但由于其他的几位神仙我没有扮演过，也不知道具体说什么。说得最多的是天官，但我一句也没有记住。天官统领四大军帅，在各家各户走一趟，到了每一家的院子里，锣鼓停止，天官就开始发号施令：“四大军帅，将这庄前庄后庄左庄右瘟疫毛鬼小神一齐搜见，捉拿！”四大军帅高呼回应，然后锣鼓齐响，鞭炮轰鸣，四大军帅在院子的各个角落走一遍就结束了。村里的各家各户都走过之后，就到村庄之外的某个山坳处结束。过去的“赶五穷”，显然是迷信多于热闹，也许是当时人们穷的缘故。而现如今，“赶五穷”已经成为了猴山的一个风俗，热闹多于迷信。

正月初五过后，猴山人的社火就开始了。

社火是春节过年的另一个高潮。耍狮子是最常见的，村里的能人凭自己对狮子的了解扎出一个狮头来，狮身则用麻叶制成。有些根本就不像狮子，但一律头角峥嵘、力争威猛。狮子的舞者往往是村里最攒劲的人，引领狮子的往往是有拳的人（练过武的人在当地被称为有拳的人），手里的器械取决于他所练的拳套，所以棍、三节棍都出场了，也有拿绣球或赤手空拳的，腾挪躲闪，五花八门。我曾经引领过狮子，记得有这样一句话：“狮子本性寒，老君打下凡，一来禳瘟疫，二来保安康。”大意是说来耍狮子也是为了保安康，这也许就是祖祖辈辈的猴山人最大的期盼。

除了狮子，村里还举行“社火”。由村里手巧的能人制成一艘船，选村里长得最漂亮的两个女孩子当船姑娘，这个角色在猴山非水花和山桃莫属，所以我们也常常叫她们“船姑娘”。其次，年龄较小一点的孩子，手捧一个灯笼，里面放一支蜡烛，由专人组织排练之后，就可以变成各种花样。这样由全村男女老少组成的社火队伍，往往会到邻村去表演，主要也是联络村与村之间的感情。年纪较大的一辈人，往往都会看得比较慎重，耍狮子的套路和引领狮子人的拳路要是耍得好，还会得到他们的特别赞赏，如发些糖或钱，有的也会“挂红”，即悬挂红幛表示庆祝。社火，在过去是一种隆重的风俗，里面有很多条条框框，现如今很多村子里都没有这样的活动了，要是哪个村举办社火，也纯属是为了热闹，那些烦琐的礼仪也被淡化了，但热闹却更多了。时代变了，社会变了，民俗也变了，这无疑是一种进步的表现。在这种进步中，有些民俗却离我们越来越远，甚至有一天就那样悄悄地消失了。

每每想起猴山的春节，那种热闹和有趣的场面常常会浮现在我眼前。只有我知道，我离那些场面已经越来越远了，而记忆却似乎在逐日加深。

17. 年幼尚武

对于一个从小学过武术的人来说，武术不是炫耀卖弄的资本，也不是混饭求生的行当，而是一种精神，是意志的体现，是灵魂的升华。要真正明白这个道理，其实并不是一件容易的事，尤其是对一个年轻人而言，更易把忍让误认为是懦弱的表现。可真正的武者大都有豁达之气、包容之心，轻易是不会动怒的。武者动怒，犹如屠夫动刀，都是致命的。

在学武术之前，我的确是天天以和别人打架斗殴为乐，当然也有被人打得鼻青脸肿的时候，这皆是常有之事。在乡下孩子的眼中，野蛮也是一种资本，几乎可以和攻无不克、战无不胜相提并论。哪个小孩子要是太过乖巧，往往会成为别人欺侮的对象。就连小时候懂事惹人爱的水花，以今天的行为标准来看，也是十分泼辣的。

上小学三年级的时候，有一天水花穿了一件雪白的的确良衬衫，看起来特别好看，当时感觉她就像天上的仙女。可要知道，在那个时候，穿的确良衬衫也是一种富贵的象征，像我们一般的穷孩子，都是家里人用白布缝制成的衣服，根本就不可能买衣服穿。上课的时候，很多孩子都把羡慕的目光投在了水花的身上，结果把老师给惹生气了，有好几个学生因此而受罚。课后，有一个受罚的学生为了发泄愤怒，竟然把墨水泼在水花的白衬衫上，蓝色的墨水映在雪白的衬衫上，看起来特别显眼。因为当时我们用的都是水笔（和现在的钢笔差不多，只是笔头有些不一样），只要用力一甩，墨水就会出来，所以我们为了报复老师，常常把墨水泼在老师的身上。记得当时，有同学告诉水花后，水花当场就脱掉了衣服（那个时候都还小，所以脱衣服不算什么)，然后丢在那个同学的面前，让他赔新衣服的同时，拿起一本书就朝那个男孩子的脸上狠抽了两三下。当时全班同学都愣住了，那也是我第一次看见女孩子当众打男孩子。那个男孩子理亏，不敢还手，也没有争吵，最后班里哄堂大闹，直至老师来才平息了吵闹。时隔多年，有一次和水花打电话时，无意间提到这事，水花在电话那边竟惊讶地问我："是吗？猴子哥，我怎么不记得了？"

在我的童年，小孩子打架说脏话并不是一件多么新鲜的事。当时，邻村有一个和我一样大的小孩子，在放学的路上常常和我打架，就在那个时候我萌生了学武打架的念头。第一次对武术产生强烈的兴趣，主要是源于打架的时候吃亏，但凡打架受过伤的小孩子，可能都曾有这样的想法。为了学习武术，我开始讨好村里的王把式，他也算是我们猴山村赫赫有名的人物。据有人传言，他年轻的时候当过货郎，有一次遇到几个匪徒，一腿就打倒了两个，所以也就"一腿出名"了。王把式的武术有很多是家传，一般情况下是不外传的，这也许就是中国武者的一大通病。由于我当时比较聪明，手脚比较灵活，加之我天天给他家干活，所以王把式还是传给了我一招半式，什么鹞子翻身，什么夜叉探海，那些武术招式看起来简单，但是招招致命，所以只要学上一招半式，如果能够好好地利用，遇上几个小混混还是有很大用处的。但王把式教给我最多的并不是武术，而是做人的道理，即一个武者的心理修炼。在现在看来，这比他教给我的那几个招式更为重要，让我不仅爱上了武术，而且也学有所悟。王把式经常告诉我这样一句话：学武不是了打架，而是为了锻炼身体，为了修德。而且，他每教我一招动作，都会不断地叮嘱我，不能和别人打架，这才是他教我的前提。那个时候，我常常陪他上山，他砍柴，我就在旁边习武。我常常站马步直拳打树叶，后来干脆就打空气，他曾有些悬乎地告诉我：空气看不到，但练多了，就能感觉到空气的力量。也许是我练得不够多，一直没有感觉到空气的力量，但经过反复练习，我的拳头明显有力了，有时候轻轻地拍在二愣的身上，二愣都会叫苦连天，说我打疼他了。就这样，我算是慢慢地走进了武术的大门。

又后来，我遇到了一个邻村的老者，大家都叫他“赵疯子”。从他走路说话看，的确是有些疯疯癫癫的，但是他特别喜欢和小孩玩。据说他曾在崆峒山上修行，但是由于偷吃了东西，所以才被崆峒山除名，最后游走江湖，经常靠看风水、卜算混饭吃。虽说过得有些落魄，却很受人们的尊重，究其原因，就是他有一副好身手，从来没有人敢惹他。

我爷爷去世那年，他被请来看坟地，我就这样认识了他。听说我特别喜欢学武术，他也就成了我家的常客。每逢路过我们村庄，累了就来我家歇息。饭饱茶足之后，就给我教上一招半式，看我悟性不错，后来就干脆收我为徒了，但我从来都没有承认，只是哄着他开心，好让他多教我一些。不过，他不像王把式那样教武术时有所保留，他教我的时候从不保留，这也是我最为欣赏的。所以，他也算是我名义上的一个师傅，为我打开了武术的另一扇大门。

学武之后，我反倒没有和人打过架。一来我们都长大了，也渐渐懂事了；二来周围的人都知道我学过武术，即便有了争执也不会和我打架。所以，学武成了一个标签，让别人渐渐地远离我，换得我生活上的平静。在上学的时候，我又遇到一个特别喜欢武术的同学，他教我太极拳，我教他小洪拳。两个人私下偷偷地习练，我的武术动作因此更加规范，同时锻炼了身体，对学习也是一种莫大的帮助。

至今，我虽很少习练武术，但它培养了我一种坚韧的精神，也许这比学习武术本身更重要。所以，在我的世界观里，武术是一种精神，教我做人的道理，是我前进的动力。

18. 天火焚烧

在猴山，有一个惊天悬案一直未破，那就是关于“天火”的传说。

在书本上曾读过这样一个故事：古希腊传说中的普罗米修斯，为了造福人类，毅然违抗众神之父宙斯的禁令，盗取天火，给人类带来温暖和光明，而他本人却因此历尽磨难，忍受了比死亡更为可怕的痛苦。

在古希腊的神话中，我才发现了“天火”一说。可读到这个故事时，我都已经读高中了。

猴山的天火疑案，是一种迷信的说法，但是愚昧的人总把它当成一种真理。在民间，流传着种种可笑又荒唐的迷信传说，不是关于神，就是关于鬼，当然也有关于天和地的。科学可以解释一切谜团，却不能解释人内心对神的憧憬和对鬼的恐惧。自然界之神奇，远远出乎人的意料，于是有些人把一些奇异的自然现象与鬼神联系起来编故事，惟妙惟肖，以假乱真。

到底有没有天火，谁也说不清楚，因为没有人见过。但在猴山人的心中，始终藏着一团“天火”，它是用来惩罚那些罪有应得的恶人的。天火降临，大难临头，这是报应，怪不得谁。可遭遇天火焚烧的人，压根不明白自己为何得罪了老天，但也不敢四处声张，怨恨和痛苦都只能藏在心中。与老天为敌，自然会遭到天谴，胆小怕事的猴山人是不可能与之抗衡的。可谁都不知道，数年过后，随着科学技术的发展，人定胜天也不是什么传闻了，猴山人才明白，过去的愚昧是多么幼稚可笑，可为时已晚矣。

在猴山，关于天火有很多种传闻，但让我记忆最深刻的，是天火焚烧麦垛一事。

记得那是一个黄昏的下午，我和四水、狗子、二愣几个小孩在六七家的院子里玩，具体玩什么已记不清了，突然听到村里的王大爷站在村头大声喊：“着火了，着火了……”

一向爱看热闹的我们，一听就往院子外面跑，到了六七家的门前，我们的眼前全部是一片红色，原来是麦场上的草垛着火了，火焰照得整个村庄都变成了红色。我们几个小孩子屁颠屁颠地跑到打麦场旁边，却被大人们堵在外面，想进去但被大人们厉声呵斥。

在我们的眼前，一个很大的麦垛着火了，但奇怪的是没有人救火。我们问为什么，很多大人都不知道原因。有人说这就是“天火”，救也没有办法，但不救的话，旁边的草垛也有可能全部着火，这样一来，一个打麦场上十多家的小麦都可能化为灰烬，辛苦一年的劳累和收成将全部毁于一旦。有些老人都跪在地上开始拜天了，但就是没有人去救火。

天火焚烧的麦垛是安大婶家的，在村子里也算是富裕人家，年年不愁吃不愁穿，且有剩余，但她家在村里的名声不太好。主要原因是她家家境好，很多人都妒忌，所以想搞好邻里关系也难。她家的麦垛着火了，说不定是有人烧高香所期盼的。当然，这只是我许多年后的一个猜测，没有事实根据。

当时最让村民奇怪的是，如果说有人放火，应该是麦垛的下面着火，但当时火是从麦垛的最高处往下燃烧。一个麦垛大概有七八米高，谁也不可能爬个梯子上去放火，所以村民推测不可能是村里人放的火。既然不是有人故意纵火，那是什么原因导致麦垛着火呢？事出有因，麦垛着火总有一个原因吧。但没有人能够解释，所以大伙都大眼瞪小眼，没有人发表高见。

最后，村里一个有威望的老人终于说话了。他说这是“天火”焚烧，是躲不过的灾难。更让大家感到不可思议的是，他说天火焚烧万物，是老天爷对生灵的惩罚，谁要是救火，就会遭到天谴。既然他这么说，自然更没人出面救火了。于是一村子男女老少看着天火焚烧麦垛，谁也不去扑火，只有安大婶因为着急而晕倒了。

就在这时，四水大喊了一声“救火”，第一个冲到了现场，拿起铁锹救火，村里所有的人都望着他。无论别人怎么劝说，他就是不相信。他认为着火了就要扑火，于是拿起铁锹铲土丢在麦垛上。当时猴山缺水很严重，用水救火那是不可能的，所以他只有用那个最笨的办法体现一个少年的良知和真诚。在他的带领下，我和狗子也加入了救火行动之中，二愣也想加入行动，但被他爸及时劝止了。可是，就我们几个小孩是不可能扑灭大火的，何况我们救火时麦垛已经燃烧了一半。我们几个人拿着铁锹忙来忙去，而猴山的大人们却站在一边默默观看，这场景如今想来有些滑稽，也有些讽刺。后来，一些所谓的好心人来劝我们，他们可能也怕我们遭到天谴。最让我觉得滑稽的是，狗子一着急，脱了裤子撒了一泡尿。

最后，我们还是没有把大火扑灭，而是看着大火把麦垛燃烧成灰烬。大火过后，我看到四水的脸上都是黑的，只有牙齿是白的，他勇敢的形象让我至今难忘。

时隔多年，我才明白，当时四水的勇敢是多么难能可贵。他敢于叛逆，敢于“逆天行事”，这是很多猴山人至今都无法理解的。

天火焚烧的并不是麦垛，而是无数猴山人的愚昧。多年后，猴山人变得聪明了，但那个勇敢的少年却早早地走了。

19. 狗粪大哥

在猴山，狗粪是一个人的大名，这听起来很俗气，算是比较雷人的名字。但不俗就没有所谓的“雅”了，一个俗名可以长命，这是猴山老人的说法。

狗粪大哥虽然名字不怎么好听，但人却长得很精干、魁梧。要是在猴山提起狗粪大哥，谁人都知道他有一个出了名的老婆。狗粪大哥并没有因为他自己的名字而崭露头角，但他的老婆黄菜花却出了名，成为猴山村史上独一无二的赫赫有名的人物。不过，遗憾的是，黄菜花的出名并不是因为贤惠孝顺，而是靠打骂公婆、辱骂邻居和风流成性。这也是狗粪大哥最为痛苦的事，每当有人提起他的老婆时，他都笑着说：“莫说，莫说！”

在我的记忆中，狗粪大哥是一个和蔼的人，至少对我们小孩比较和蔼，从来没有见他对着我们大声说过话。他的脸上总是停留着笑容，所以我们小孩子见了都亲切地喊他“狗粪大哥”。

小时候我有一次生病，因发烧而昏迷，爸妈都去亲戚家了，奶奶急坏了，最后去请狗粪大哥帮忙。他二话没说就答应了，背着我，跑了十多里山路才到乡卫生医院，当时据说我已经烧到四十度了，命悬一线，幸亏得到了及时救治，才勉强捡回来一条小命，这都归功于狗粪大哥。

那个时候，他还没有娶媳妇，所以比较自由自在，村里哪家有活，他就帮着干，深受村民的喜爱。可是，自从他娶了黄菜花作媳妇，一切都彻底改变了。

黄菜花是一个野蛮的农村泼妇，和二泼妇有得一比。我也算猴山赫赫有名的人物，但黄菜花嫁给狗粪大哥时，我已经退出“猴山江湖风云人物榜”

了。那时的我，已经是村里面公认的好学生，而不是一个顽劣的孩子，自然就没有机会和她骂仗了，这也不能不说是一种遗憾。从当时黄菜花的野蛮劲儿来看，我自认为真不是她的对手，我从来没有见过一个女人如她那样放肆。

在猴山，有人说黄菜花和二泼妇是前世的姊妹，也有人预测说她们是来世的婆媳。但没有人敢当着她们的面说，只是在背地里偷偷咒骂几句。这两个女人要是联合起来，一定能够把猴山村吵翻了天。不过，这样的人往往都是仇家，不会合作，所以都是她们在对骂，别人看热闹。

从黄菜花嫁给狗粪大哥那天起，狗粪大哥就没有一天好日子过。他们结婚不到三天，黄菜花就和公婆大吵了一次，最后干脆把公婆赶出了家门。村里的长辈实在看不过去，就去劝说，结果被黄菜花的口水唾沫赶出了门，所以再也没人去管狗粪大哥的家事了。在那个时候，野蛮就是王道，谁更野蛮，谁就无敌。

不到半年时间，狗粪大哥就被逼得走投无路，外出打工，据说在一个山西的小煤矿钻煤窑，也是随时都有可能要命的活儿。黄菜花根本不管狗粪大哥的死活，只要狗粪大哥没有挣到钱，就不让他进家门，这就是她的铁血家规。现在夫妻不和还可以上法院离婚，但那个时候只能忍受一辈子，结婚就是一辈子的事，在猴山我还从未见过离婚的，所以狗粪大哥只能忍，所有人都只能忍。

有一次，是在大年三十的前一天，狗粪大哥终于回来了，可是他的钱在火车上被小偷偷了。黄菜花心一横，把狗粪大哥挡在大门之外，大年除夕夜都没让狗粪大哥进门吃一顿饭。狗粪大哥在邻居家吃了饭，在自己家的门口晃悠了几天，又出去打工了。从那以后，狗粪大哥就再也没有回来，据说是在井下挖煤时出事死了，但具体怎么死的谁也不知道。黄菜花得到了一万元的死亡赔偿金，一下子成了村里面有名的万元户。可黄菜花根本没有当回事，家里丢一只鸡她都要大吵大闹，但狗粪大哥死了，她却一声不吭。难道狗粪大哥还不如一只鸡？黄菜花真是一个恶毒的女人，猴山人终于见识了。

后来，有人发现黄菜花和邻村一个收购羊皮的人偷情，大家才明白她为什么对狗粪大哥那样无情和冷血了。村里几个青年一合计，把黄菜花赶出了猴山村，也算是为猴山除了一害。黄菜花把狗粪家所有值钱的东西都拿到了娘家，再也没有来过猴山村，据说后来又改嫁了。

黄菜花无论干什么，都没有人关心。可怜的是狗粪大哥，一个年轻力壮、老实巴交的庄稼汉，竟然死在了自己女人的手中，而且是被逼死的。

狗粪大哥，他以及他的名字，从此都变成了一个故事。

20. 麦客传闻

关于麦客的故事，大都是听来的，但我从未怀疑过故事的真实性。我坚信，在那个朴实的年代，淳朴的猴山人是不会说谎的。

麦客，简而言之，就是流动替别人割麦子的人。在北方，由于各地麦子成熟时间的差异，诞生了一些以收割麦子为职业的人，以此换取微薄的收入。这些人大多体力较好、技术过硬、吃苦耐劳，常被称为麦客。

麦黄时节，他们成群结队，其中有兄弟同行，还有父子同行甚至夫妻相随，来到产麦区，寻人雇佣，替人割麦，用汗水换取收入，以补家庭短缺或寻找生路。麦客们一般带一个干粮袋，拿一把镰刀上路，还有不能少的被褥。一般露宿在村镇一些屋檐下，甚至露天，如同难民一样，在那里等待雇主。有些雇主挑三拣四，麦客就如市场上的商品，地位低下尚且不说，甚至还可能搭上自己的性命。穷困造就了麦客的悲惨。

我的父亲壮年时就是一个麦客，曾经走过陕西、宁夏和内蒙古等多个地方，在我年幼时他就给我讲了很多关于麦客的故事。

在父亲眼里，麦客是一个挣钱的行当，他并不觉得地位地下。靠劳动赚钱，不偷不抢，也没有让人看不起的地方。那个时候，凡是能够挣到钱，多辛苦点也无所谓。也许他心里甚至一直感谢那些残酷的雇主，但是我这个听故事的人，却为之感到辛酸。封建社会有奴隶，一般都没有人身自由，任封建主剥夺劳动成果。可新社会也有麦客，虽然人身是自由的，但是穷困使得那种自由成了一种奢望，没钱的自由就如没娘的孩子一样可怜。穷光蛋的自由是一种自我嘲弄。所以，当时穷困的猴山人，不得不卑躬屈膝地去挣钱，残酷的现实让他们选择做一个麦客，游走在陕甘宁地区，天天过着打游击战般挣钱的日子。

每年的五六月份，家乡的麦子还没有成熟，但陕西等地的麦子已经成熟了，所以乡亲们就结伴成群地去陕西赶场子（当地人的说法）。他们每个人都拿几件衣服，背一个镰刀就背井离乡，至于路上的艰辛，也许只有他们自己知道了。据父亲跟我讲，他们一般都是坐便车到陕西的。因为没有钱，他们一般不坐客车，而是沿着铁路走，看到有运煤的火车过来就搭上。当然，因此而不幸被火车碾死的也不在少数。在煤车上，有时候被发现就会被罚款，但他们的衣兜里往往比脸还干净，铁路警察也拿他们没有办法，只好让他们装卸煤炭，最后在他们的乞求下放人。当然，这是比较倒霉的人，一般情况下都会顺利地抵达陕西的产粮区。要是运气好点，就会马上被雇主带走；如果运气不好，他们只能天天睡大街。由于路途上的折腾，疲惫不堪的人早就睡着了，陕西的小偷就开始出动了。他们一个个搜身，很多人劳累过度，根本就不知道自己被搜身。而且小偷都是结伙行动，旁边其他的麦客即便看到了也不敢吱声，否则就性命难保了。所以很多麦客都提前把镰刀磨得很锋利，要是遇到小偷，亮出镰刀多少还可以防身。父亲曾告诉我，他亲眼看到一个麦客因为见义勇为，被小偷一刀捅死了。当时我年幼，听了那个血腥的故事，吓得半夜都不敢出门。

当麦客，吃苦耐劳那是理所当然的事。白天割麦子尚且还可以理解，因为麦客主要是靠割麦子挣钱的。但是雇主为了节省钱，往往想尽一切办法对付麦客，割麦子选择在正中午最热的时候，因为那个时候麦秆比较干燥，麦客自然割得比较快，往往按小时计费。但后来很多麦客不愿意，所以一般按照亩计算。可是有时候也会遇上刮风下雨，雇主就一个劲儿地涨价，让麦客尽快收割麦子；如果天气比较好，价格则往往比较低。但最让我不能理解的是，麦客割完麦子，即便是雇主家第二天还有麦子要收割，依旧不会留麦客在他家过夜，即便是麦客想睡在他们家院子里都不可以。即便有些麦客会小偷小摸，但也不至于一票否决所有的麦客，至少睡在院子里比睡在大街上要安全些，何况有时候夜晚下雨，麦客们自然就要东躲西藏，其辛酸可想而知。有些体质弱的人可能就在陕西送了命，成为异地孤魂。

我认为麦客是一种文化，带去的不仅仅是劳动，还有文化风俗，也是穷困地区人们生活境况的一个真实写照。随着时代的发展，麦客已经成为了过去式，成为一个时代永恒的记忆。但麦客的故事，在我的童年成长中，让我明白了生活的苦难和艰辛，以及许许多多麦客悲惨故事背后的缘由。

21. 饥荒年代

我们这一代算是比较幸福的，刚刚沐浴在改革开放的春风里，所以也少受了很多罪。即便如此，在大西北黄土高原偏僻的山旮旯里，20 世纪 90 年代初依然还有人忍受着饥饿，这是残酷的事实。

饥饿，对于现如今的人来说，也许是一个远去的记忆。人人都致富奔小康“社会化”了，要是还有人处在饥饿之中，那讽刺意味未免太浓了。现如今的孩子，衣来伸手饭来张口，根本不可能尝到饥饿的滋味，所以大都不太相信那些忍饥挨饿的真实故事。但在我的童年，依旧免不了要挨饿，想起来仍有些心酸。

猴山人一直过着靠天吃饭的生活，要是老天爷赏赐，在春夏之交多下些雨水，一年的收成自然不错，这一年便不愁吃不愁穿。但在 20 世纪 90 年代初的几年里，老天爷偏偏要捉弄一下刚刚有发展势头的猴山人，一连两三年基本上都是大旱，庄稼基本上都变成荒草。庄稼人一年辛辛苦苦就是盼着个好收成，可是大旱连年，地皮都裂开了口子，麦苗还没有长高就晒死了。禾苗变枯草，路有讨饭儿，饥渴无奈何，声声求连天，那真叫一个凄惨！

那一年，我已经上中学了。

记得当时每次去学校，我都背着干粮上学，平日里都是白面饼子和馒头，但到了那一年，全部变成了玉米面的，而且根本不够吃。三个碗口大的玉米面饼子要支撑五天半的时间，可是基本上不到两天就吃完了，所以每周的后两天基本上是最难熬的。我们那个时候上五天半的学，每次周六中午回家时，我都是连滚带爬走到家的，主要是周六早晨什么都没得吃，浑身酥软，走路都没力气。那种饥饿的滋味，让我尝尽了饥荒年代的艰难。

那些年，曾发生过不少稀奇古怪、荒诞不羁的事情。当时，村民们都敬仰山神，我们叫“太山爷”。当然，淳朴的村民之所以敬神，就是相信神能够赐予民众福安，能够逢凶化吉，让村民过得舒心，有衣穿，有饭吃，有票子用。可在真正的饥饿面前，大抵是没有人相信神灵的。接连两年颗粒无收，村民们都开始坐不住了，讨饭的四处游荡，坐在村里的天天拜山神，可是无论怎么折腾，老天爷就是不下雨。庄稼根本就没有办法下种，即便种下了，也不能发芽，所以只能求山神降雨。求了大半年，天还是不降一滴雨，村民们开始愤怒了，干脆把山神抬出来，让它也晒晒太阳，好让其感受一下村民的疾苦。原本，山神的塑像是用木头做的，经太阳炙烤，山神的额头上都裂开了缝隙，但还是没有下雨。最后有人大怒之下把山神推到山沟里去了，从此再也不相信神灵了。天降大灾，山神爷无用，等村民日子好了，山神逢年过节却享受着香火和糖果，在淳朴的劳动人民看来，山神也是个懒神、无用之神。所以，人们在面对真正的饥饿时，反而不再那么相信鬼神了。说起来，这倒是一大进步，虽是在迫不得已的情况下改变的。

天灾的威胁和饥荒的恐惧，让无数猴山人变得有些杞人忧天。日子好了，但是人们还是时时刻刻关注着天气的变化，老天决定着猴山人的命运，这似乎是亘古不变的真理。但是，谁也想不到，西部大开发的号角一吹响，猴山人的命运就发生了翻天覆地的变化。猴山人接受了新时代的信息，也开始变得时髦起来，什么都跟着政策走，绝对不拖党的后腿，我想这也是害怕饥荒的原因。靠老天吃饭的日子也将一去不复返了。环境恶化，老天似乎偏偏与老百姓较劲，人要是不改变自己，就等于把自己送上了断头台。天灾不可怕，可怕的是人愚昧地顺应老天。饥荒不但没有把猴山人毁灭，还让曾经落后、愚昧的猴山人清醒了，这也算是因祸得福。

我们这一代，接受了饥荒的洗礼，所以对待食物都有一种务实的态度——不奢侈，不浪费，三餐吃饱，富贵人间。在现在看来，这似乎也算是一种良好的品质。

有一年回家去看六七，让我记忆深刻。六七和他媳妇也都过上了小康日子，生了一儿一女。儿子虎头虎脑的，和小时候的六七有九分像；女儿也长得灵秀俊美，很像六七的媳妇。中午和他们一家人吃饭，席间有酒有肉，也算是奢侈地招待我这个流浪汉了。六七的媳妇心灵手巧，有一手好厨艺，做出来的菜丝毫不逊色于城里那些星级饭店的杂牌厨师。所以，那次我吃得特别多，但最终还是剩下了很多菜。主要是他们“超规格”的招待，我根本不可能吃完所有的菜。

六七的儿子比较挑食，拿着筷子挑来挑去。六七劝了几句，就开始训斥儿子，把我们童年饱受饥荒折磨的经历一字一句地讲给他儿子听。

他儿子听了，有些不大相信地问我：“叔叔，我爸爸说的是真的吗？”

我微笑着点了点头，并告诉了他我们小时候的故事。

六七的儿子一听，也不挑食了，开始狼吞虎咽地吃了起来。

我和六七一看，开心地笑了起来。

每个人的童年都不一样，但我和六七却有很多相同的童年经历和故事，而且我们那些童年的故事，也将一代代地传承下去。

忆苦思甜，珍惜生活，才是对我们那处于饥荒年代的童年最好的回忆。

22. 一分硬币

一分钱算不了什么，即便丢了，也许心都不会为之颤动一下。可是，要是在十多年前黄土高原上的山旮旯里，那就完全不同了。一分钱也有它的价值，是任何东西都无法替代的，有和没有完全是两回事。

不过现如今，要寻找一分钱的硬币，恐怕比借一万块钱都难。一分钱已经失去了它存在的价值，往往被人忽略不计。倘若还有人因为一分钱而争吵得面红耳赤，那一定是会被人笑话的。

在我的童年中，有一个关于一分钱的故事，我一直未曾忘记。几年前，我专门写了一篇文章，作为对童年最好的怀念。

曾经，在一个寂寥的夜晚，就因为一分钱，我竟然痛痛快快地哭了一夜，也是第一次流了那么多的眼泪。有句话说“男儿有泪不轻弹”，可是我真正成为男儿，却是因为泪水。梦想中潇洒自在、无忧无虑的童年就在那次泪水中彻底地告别了。那次流泪，在我的成长中，是第一次为生活的穷困而备感无奈。

这个故事发生的年代也算很久了，但记忆并不模糊。那是十多年前一个月光朦胧的夜晚，当时我正读小学二年级，村里要进行电路改造，电工上门逼着收取电路改造费，有个五大三粗的男人对着母亲凶神恶煞地喊道：“如果你家里没有钱，就马上停电，以后就永远别想用电了。”说完，一拍屁股就不见踪影了。那时候，家里穷得近乎揭不开锅了，为了长久的打算，在万般无奈的情况下，也只能凑钱缴电费了。

父亲白天在田里干活，月亮升起来的时候才摸着夜路回到家里，当我把这个近乎噩耗的消息告诉父亲时，父亲从母亲颤抖的手中拿过一张写着“电费总共：21.56元”的收费单，借着微弱的煤油灯光瞧了好久，眉头紧皱了几下，长长地叹息了一声。

家里只有二十块钱，母亲把平时省吃俭用节俭下来的一元五角也拿了出来，就只差六分钱了，这下子可是难住了我们这个家。妹妹把奶奶送给她的五分钱压岁钱也拿了出来，最后就缺一分钱，无论如何也找不出来，家里当时就是穷到连一分钱也没有的地步。这时，电工又一次来收费。在我童年的想象中，电工和警察的地位几乎等同，那个时候我还未见过真正的警察，所以也不敢去冒犯。老实巴交的父亲低声下气地说：“我们正在找，差不多了……”一个腆着肚子歪着脑袋喊着父亲名字的男人，粗声粗气地说：“今晚缴不上电费就永远别想用电了……”临走的时候还说了一句脏话，大摇大摆地走出了门。

电工走后，母亲掉下了无奈的眼泪，父亲发出沉重的叹息。我突然想起来，几天前在窗台上玩的时候，不小心把一个五分钱的硬币丢进了窗台板的缝隙里，便急切地告诉了父母。这时，我们似乎又看到了希望，开始去找那五分钱。父亲在昏黄的油灯下，手里拿着一根铁丝，跪在窗台前找了一个多小时，还是没有找到。母亲有些着急，在屋子里打转。看着父亲在油灯前一晃一动的影子，我的眼睛模糊了起来。

我一个人来到自己的屋子，翻箱倒柜，希望能有一分钱出现在我的眼前。几乎翻便所有的书籍，近乎绝望的时候，一个硬币从书本中飞了出来，掉在了地上，我借着昏暗的灯光找了好久，在一个角落里发现了，捡起来一看，原来是二分钱的硬币。我急忙喊父母，那喊叫声出奇地大，像要震撼了我们那个沉默的小山村。

母亲看了我手中的二分钱硬币，脸上才略微露出了让人绝望又难以捉摸的笑容。她意味深长地说：“少一分不如多一分，你们兄妹平时用钱要多节俭，一分钱也是可以要命的……”

在我的生命中，总是有一段清晰回忆难以抹去，父亲在油灯下晃动的身影时刻浮现在我的脑海中，伴随我一路成长。

这是一个真实的故事。写这篇文章的时候我已经考上大学了，虽然故事很平淡，但在我的成长中至关重要。一个人要真正地成长起来，并不是一件容易的事，需要经过许许多多的坎坷。所以，每一个微小的故事背后，都是一条漫长的人生路。

一分钱，让我明白了它的价值，也算是我童年中一次快速的成长。有些童年的故事是不能忘记的，正如不能忘记自己的名字一样。

23. 朦胧爱恋

在童年，水花是我的“媳妇”，虽然没有明媒正娶，但事实上她一直扮演着我媳妇的角色，时时刻刻守护在我的身旁。

有一次放学后，天有些黑，我和水花因为学校补课，所以很晚才放学回家，而且一路上要经过很多坟地。水花有些怕，紧紧地拉着我的手，生怕我像一只鹞子一样飞了。

我虽然喜欢水花，但也喜欢和她搞恶作剧，所以灵机一动，想捉弄她一下。

我越走越快，水花几乎跟着我跑了起来，我突然对水花说：“你看到没，有一个长着长舌头的人在追赶我们……”水花一听，吓得不敢回头，直接抱住了我，在我的怀里哭着说：“猴子哥，你不要吓我了，我怕啊！”我觉得水花可能真怕了，所以就抱着她不走了。那个时候，我们都还是懵懂的小孩，身体接触也没有什么感觉，但我还是在水花的脸上吻了一下。我记得当时水花并不讨厌我的亲吻，对我说：“猴子哥，以后我就是你的媳妇……”

我有些不解地问：“你现在不也是我的媳妇吗？”

水花翘起小嘴巴说：“那不一样……”

我问道：“有什么不一样？”

水花有点羞涩地告诉我：“听人说，是媳妇才可以亲的。”

当时我也不知道，所以也就相信了水花的话，然后拉着水花的手大声喊：“那你以后一定要做我媳妇。”水花呵呵笑了起来，忘记了害怕，跟着我一路狂奔回了家。

和水花在一起的童年记忆，总是那么快乐和美好，但想起来却十分短暂。

记得有一年夏天，天降大雨，我和四水、狗子三个脱掉上衣在院子里狂欢。水花和山桃起先在屋檐下看着我们，后来可能受了我们的感染和鼓励，也加入了我们的欢呼之中。

在我们成长的那个山旮旯里，下雨天是最值得喜庆的日子，尤其是三伏天。因为天热，雨水浇在身上，等于是在露天洗澡。在我们猴山生活的人，有的人一辈子都没有洗过澡，这也许是个奇迹，但却是事实。气候干燥，不洗澡也没有什么特别不舒服的，庄稼人也没有那么多讲究，当然最主要的原因是想洗澡也没有水。

水花和山桃太高兴了，最后也脱掉了上衣和我们一起玩。玩了一会，我们回到屋檐下，我才发现水花和山桃的胸部跟我们三个男孩子的有些不一样，于是好奇地摸了一下，水花有些害羞地低下头。我又摸了一下山桃的，山桃不甘示弱，也开始摸我的，于是我们两个又在院子里打起了水仗。

后来，水花告诉我，男孩子是不能摸女孩子胸部的，但她是我媳妇，所以就可以摸。当时我一直想不通为什么，但在我的童年记忆之中，水花似乎一直比我成熟。

在心里，我是爱水花的，童年时她在我心目中的地位任何人都无法取代。我每天都陪在她的身边，她就是我的媳妇。却不知有一天她也远走他乡，也离开了我，从此我们过上了两种完全不同的生活，我们的命运也发生了翻天覆地的改变。童年的爱恋，犹如一阵馨香，最后随风而散了。

在我们读初中一年级的时候，水花家要搬到城里去了。

当时，我对城里也没有一个清晰的概念，只是觉得可能离我们村子比较远而已。所以，当水花告诉我的时候，我还对水花说，“有时间我一定去城里看你”。可谁知，从那次她离开我，我们竟然十多年都未曾见面了。

水花离开我时，我们没有流泪。她送我一个精美的笔记本，我把自己最好的钢笔送给了她。我们约定，有一天我去城里看她。然后，就那样自然而然地分开了，没有一丝悲伤。

分开后的一年里，我并没有觉得什么，直到读了高中，我才知道，水花的离开意味着什么。那个时候，我已经开始对女孩子有了莫名其妙的爱慕，也知道了谈情说爱，所以对水花的思念日渐浓厚。于是，我们之间的书信开始飞来飞去，互诉衷肠，但很多直白的感情没了，有的却是一种朦胧的爱意。我们之间像隔了一层窗户纸，可谁都没有戳穿，谁都不说明白，但我们都心知肚明。就这样书信交往了三年，直到我考上大学。

我和水花是同一年考上大学的，水花考到北方一所本科院校，而我却考到了南方。大学彻底改变了我们的爱情观，让我们开始有了各自的生活。也许，命运注定我们不可能在一起。有一天，水花告诉我她有了男朋友，我们的联系差不多就中断了。当时，虽然我有诸多伤感，但也明白我们从离开的那一刻起，就完全走上了不同的两条路。在大学里，我也开始有了另一种让我迷恋的生活，所以并没有怪她。童年就好像一个故事，如果太认真了，就会变成伤害。

又过了好几年，我已大学毕业工作两年了。有一天，我突然接到一个陌生的电话，接通后才知是千里之外的水花打给我的。

在电话中，我们破例聊了很多，可都是些杂七杂八的生活琐事，似乎显得有些尴尬。在快要挂断电话的时候，水花突然问我："猴子哥，你有女朋友了吗？"

我说："没有，你呢？"

水花回答："也没有。"

过了一会儿，我又问："为什么？"

水花淡淡地回答道："没有合适的，等等再看呗……"

等等，可时间不等我们啊！

如今的我们，可能都沦落成都市中的"剩男"、"剩女"一族了，都在等待着缘分，都在期待着幸福。可谁也不知道，等待永远是个未知数，等年华逝去，生命变成了负数时，等待的恐怕就是一种痛苦。

童年的爱恋，曾经温暖过我们，但永远属于过去。

摆在我们眼前的，是一种现实的选择，可我们还是一直在等待和观望。

我想，我是爱水花的，可现在却不知道从何爱起。

24. 清明时节

清明节是中国重要的传统民俗节日之一，在猴山，清明节祭拜祖先，悼念已逝亲人的习俗依然保留。

每逢清明时节，春光明媚，桃红柳绿，猴山沟沟洼洼的地方由冬日的萧条又开始盎然生机，到处一派生机盎然的景象。在这个时候，上坟扫墓也是一件比较让人感到快乐的事情，对于我们小孩子来说尤其如此。

在猴山，祖先的坟墓并不是集聚在一起，而是散落在各个山头。有时候，两个坟墓就在两个山头上，所以给扫墓带来很大的麻烦。在猴山人的心中，墓地是讲究风水的，如果风水不好就不能下葬，当然这都是风水师的馊主意，即便风水师骗了大家，质朴的乡下人其实也不会知道。很多愚昧的猴山人对风水师比对自己的祖先都尊重，主要是有这样一个说法：要是墓地不好，后辈们不可能发达。所以，风水师就凭空捏造出很多荒唐事来，什么状元墓、县长墓、致富墓、安康墓等。老人去世后，后辈们可以根据自己的需求找风水师，走遍每个山头寻找适合的墓地。要是家里有学生读书，就需要状元墓或县长墓；如果有经商的就要致富墓；如果是安贫乐道之家，就需要一个安康墓。但这些墓全都是风水师说了算，至于风水师是怎么选择墓地，靠什么科学依据的，似乎永远是一个秘密。让很多人感到头疼的是，每年清明时节上坟扫墓总是很麻烦。如果是一个大家庭，祖父祖母、爷爷奶奶等人的坟墓，有的加起来就有五六个，但都不在同一个地方，各个坟墓都占据一个小山头，这样的人家遇到清明时节就最麻烦。清明节那天，从早到晚，跑东跑西也扫不完。所以，在猴山，清明节扫墓可算是一场大型的民俗活动。

在我的童年记忆中，清明节是最让我们期待的。因为平时我们都要上学，只有遇到清明节的时候学校从下午就开始放假。我们一走出校门，几乎就是一路狂奔，因为家里人等着我们小孩一同去扫墓。

清明节扫墓，我们一般都要带些纸钱，是把白纸和黄纸折叠成钞票状，然后用银元在纸上面按几下，据说是给死人用的，可我一直想不通。如果要真是那样，我们写字用的纸不全都可以变成钱？那样一辈子也就不愁钱了。

我们跟着大人从这个山头跑到那个山头，虽然爬山很费力，但是我们小孩子的兴致都比较高，一路奔跑，一路高唱。因为路上有很多坟地，有些人家早就扫完了，墓地上都用树枝插着很多五颜六色的纸条，风一吹便随风飘动，远看就像一只只风筝挂在了树杈上一样。我们这些无知的孩子们就开始把人家献给祖先的礼物一张张地撕下来，然后把纸条放在自家的坟地上。

清明节扫墓，大人们忙着清除坟地上的杂草，然后把草堆积在一起点燃，我们小孩子就围着火堆乱跳。等大人忙完了，我们也随着大人一起烧纸钱、跪拜祖先。一切办妥之后，我们就开始在坟前聚餐。因为我们清明节扫墓，每家每户都要做很多供奉祖先的饭菜，但谁都知道祖先变成鬼了，自然也不会吃，那些美味的饭菜丢了怪可惜的，于是乎我们这些后辈们就在坟前陪着祖先一起吃一顿饭，也算是对去世的亲人最好的怀念。

在坟地上吃饭，我们一般不用筷子，每个人的筷子都是野外的树枝或蒿草杆。据有些大人讲，那也是因为怕拿了筷子祖先责怪。把饭菜在坟地上放一会儿之后，我们自己才能吃，这样也可以糊弄祖先——谁叫你们不吃，也不能浪费，所以我们就要吃了。但我们这些小孩子为了抢好吃的饭菜，早在去坟地的路上就开始准备好筷子了，所以轮到我们吃饭菜的时候，小孩子都从袖筒里掏出树枝筷子，开始疯狂地抢饭菜，大人们也不和我们争吵，反正他们也知道我们爱抢，但就是吃不了多少。等我们吃得差不多了，他们才开始边聊天边吃饭。我们吃完饭菜，就跑到山巅上乱喊乱叫，那种快乐是我今生永远的回忆。

如今，故乡的人们依然继续过着特别的清明节，可远在千里之外的我，已经很少感受到清明节的快乐了。有的时候会有一种错觉：记忆中的东西永远是最美好的，尽管它属于过去。

童年是一个人一生中最美的时光，尤其当我们有一天去回忆时，更是如此。

25. 村戏始末

20 世纪 80 年代末，在猴山村中一直流行着村戏，也算是猴山人逢年过节时的一大喜庆活动。

在我童年时，每年正月初四，猴山就开始举行村戏。说起村戏，和鲁迅笔下的《社戏》有很多雷同之处，只是猴山人只会唱秦腔，所以村戏一般以秦腔为主。在猴山的老一辈人中，男女老少大都会吼几嗓子秦腔，也算是人们辛劳之余的娱乐活动，和城里人扭秧歌、做健美操一样。不过，猴山每年举行村戏，还有一个缘由，就是唱戏给山神看。山神是一个迷信的实体，也就是一尊塑像，村民们专门修一座房子供奉起来，经常去烧香。每一年的村戏，都要敲锣打鼓地把山神从山头的茅屋请到戏台前面。村民们举办大型的秦腔表演，无论刮风还是下雨，都不会停止，即便台下没有一个人看戏，舞台上的演员依旧继续唱下去，足见人们对山神的敬仰。

秦腔是起源于古代陕西、甘肃一带的民间歌舞，在中国古代政治、经济、文化中心长安发展壮大起来，经历代人民的创造而逐渐形成。秦腔的角色分为四生、六旦、二净、一丑，共计十三门，又称“十三头网子”。演唱时须生、青衣、老生、老旦、花脸多角重唱，所以也叫做“唱乱弹”。秦腔在黄土高原山旮旯里广为流传，主要原因大概是劳动人民可以充分表达自己的情绪。秦腔大多不是唱，而是“吼”出来的。

小时候，我和狗子、二愣、四水等都参加过秦腔表演，不过都是在秦腔武戏中当卫兵的。手里拿着一把刀，什么话都不说，依据大人们的指导，在舞台上走来走去，等戏结束了，我们吃上一顿美食就算完事了。

在秦腔表演中，演员们都要精心装扮。唱戏都要画个大花脸，小孩子基本上画得比较简单，但戏中的主角都画得很好看，脸上都打上油彩。我最喜欢女演员脸上的粉红油彩，在灯光的照射下，看起来很漂亮。还有穿戴，男演员一般穿战袍，背上插五杆彩色旗，这就是戏中的武将装扮，手中不是拿着长枪就是大刀。如果是文弱书生，就穿古时候的长袖衣服，手里一般拿一把花扇。女演员穿彩色的长袖衣服，在戏中往往要“甩袖”，甩得好坏可以看出一个人的表演功底。在猴山的村戏中，唱秦腔的都是村里人，有些人唱得确实很好，但有些人一上台就忘词，站在舞台上不知道唱什么，我们小孩子就在下面乱喊乱叫，惹得村民们一阵狂笑。唱戏的人干脆也不唱了，甚至和台下的人开始斗嘴。有些人实在唱不下去就退场了，有的还专门找个人躲在桌子后面说台词，所以唱戏的时候有一句没一句的，惹得台下看戏的村民们大吵大闹，笑声不断。

最让我记忆深刻的是唱一个叫《铡美案》的戏，因为在戏中我和山桃扮演秦香莲的儿子和女儿。《铡美案》的剧情大概是这样：陈世美家境贫寒，与妻子秦香莲恩爱和谐。十年苦读，陈世美进京赶考，中状元后被仁宗招为驸马。秦香莲久无陈世美音讯，携子上京寻夫，但陈世美不肯与其相认，并派韩琪半夜追杀。韩琪不忍下手只好自尽以求义，秦香莲反被误认为凶手入狱。在陈世美的授意下，秦香莲被发配边疆，半途中官差奉命杀她，幸为展昭所救。包拯欲治陈世美之罪，却苦无实证。陈世美假意接秦香莲回驸马府，又以二子逼迫秦香莲在休书上盖印。展昭至陈世美家乡寻得人证祺家夫妇，半途上祺大娘死于杀手刀下，包拯找得人证、物证，欲定驸马之罪，公主与太后皆赶至阻挡，但包拯终不让步，将陈世美送上了龙头铡。

在戏中，我和山桃都被一个扮演秦香莲的人牵着手，躲避韩琪的追杀。这个戏的剧情有些悲苦，扮演秦香莲的人需要很好的表演功底。我和山桃被她拉着手，在台上走来走去，最后秦香莲跪在台上哭着求韩琪刀下留情，可能因为入戏太深，扮演的人居然真哭了起来。戏中的山桃帮着自己的母亲秦香莲擦眼泪，可我怎么都觉得好笑，一个人竟然笑了起来。扮演韩琪的是狗子的哥，所以我也不怕他，他拿着一把木刀示意我不要笑，可我看他那个模样更止不住笑了。结果扮演秦香莲的人也不哭了，一场哭戏被我搞成了笑戏。

台下所有人都笑了起来，有人还喊叫着我们的名字，叫我好好演，演好了还有糖吃。水花在台下看着我直拍掌，好像并没有责怪我的意思。我们几个人终止了几分钟，又接着唱起来，结果我还是笑个不停，最终那场戏因为我的傻笑而草草收场。所以，后来我扮演的秦香莲儿子的角色就被二愣代替了，为此我一直耿耿于怀。不过，二愣虽然笨手笨脚，但绝对是村戏中一流的好演员，他扮演的秦香莲儿子一直是村民们公认的最佳角色。有一次，二愣扮演秦香莲儿子时，在台上竟然也跟着命苦的秦香莲一同哭了起来，一边哭一边给秦香莲擦眼泪，那种孝顺让台下很多老人感动得哭了。就在很多人都沉浸在戏中的悲苦时，二愣妈却在台下骂道："我打你这狗崽子，咋就没看到你对我那样啊？"二愣妈这样一闹，所有人都从戏中回过神来，台上的演员和台下的村民都大眼瞪小眼，最后都笑了起来。据二愣给我和四水悄悄透露，那天晚上他回到家，他妈竟然没有给他饭吃，我们一听更乐了。

前些年回家，路过我们曾经唱村戏的舞台时，看到昔日辉煌的舞台现如今变成了鸡鸭的场所，不由感慨万分：村戏真的离我们而去了。它是一个时代的见证，是我们这一代人成长的印迹，如今都被高科技产物替代了。现在，猴山人的生活和城里人也没有什么差别，家家都有电视看，有电话用，只不过城里人靠上班生活，猴山人下田过日子，劳动没有贵贱，猴山人反而过得更舒心、更自在、更踏实。正是因为生活质量的改变，村戏也成了我们这一代猴山人特有的记忆，比我们更小的人从来都没有看过村戏，所以村戏的衰落是时代进步的必然结果。

让我感到遗憾的是，每次回到故乡，再也听不到村民们用粗犷的声音唱秦腔了，家家户户都用高音喇叭放着流行歌曲，那些曾经"吼"出来的声音，恐怕也将成为我今生永恒的怀念了。有时候，习惯了都市里汽笛的吵闹和火车铁轨的碰撞声，回到久违的故乡时，甚至希望能够听到那么一两声粗犷豪迈的声音，那也是大山对我的召唤，让我有一种回家的感觉。可是我每次都是满怀期待地回到家，然后带着无限的牵挂和遗憾又离开了家。

生活或许就是那样，总是不停地更新我们的内心世界。有些东西只属于那个特殊的时代，在我们生活的这个时代里，就永远是一个记忆，一种在我们心中无法割去的伤感。

村戏，在如今的猴山人生活中彻底消失了，只存在于一些人的记忆和思念里。每逢闲暇之余，我都会情不自禁地想起来，毕竟它在我的童年中占据着一席之位，在我的成长过程中留存了一种美好的怀念。

有村戏的童年，是多姿多彩、美好难忘的童年，我一直这么认为。

26. 夜戏趣闻

在猴山，有“看戏”一说，村民们对其乐此不疲。

看戏，也就是去看秦腔演出。这里的戏，和村戏有很大差别，规模比较大。一般演出的都是县剧团或省剧团，里面也有很多著名的秦腔演员。秦腔演出和现在的明星演唱会有着相似之处，只是表演的内容不一样而已。在当时，很多人都不知道明星，但对秦腔演员却十分熟悉。农闲之时大家坐在一起常讨论个不停，有时候因对某个演员的看法不同甚至争得面红耳赤。秦腔剧团演出的地方一般都在各乡镇的大舞台上，吃住都在乡镇最好的地方。每次演出之前，乡镇有关官员都要发表讲话，也算是为百姓的娱乐文化生活提供一个很好的平台。各个村子里的人都会去观看，所以看戏的人少说也有几千人，这在那个偏僻的山旮旯里算是比较隆重的活动场面了。

秦腔演出一般分为两场，每场大概有三个多小时。白天下午两点钟开戏，一般以武戏为主，打斗比较热闹。晚上六点钟开戏，常以文戏为主，配有特色场景灯。有些省剧团还配有动画屏幕，这在当时算是比较高科技的东西，很多人为了看上一眼，甚至走上数十里的山路。猴山人对秦腔的喜好丝毫不亚于对钞票的挚爱。当时，在偏僻的穷山沟里，除了白天下田干活、晚上回家睡觉外（当时也没有电视看），人们基本上没有什么业余活动，所以要是有秦腔演出，那绝对是人们枯燥生活中的一大喜讯。为了看秦腔演出，往往是男女老少全家出动，就留一条狗守在家门口。

在白天，老人们大都看戏，年轻人基本上都不会看。舞台上有戏看，但台下也很热闹，有现场销售的商品，也有各种特色小吃和好玩的活动。戏场周围有很多录像厅和歌厅，在当时也算是新玩意儿，年轻人一般都喜欢去这些地方。我和狗子、四水、二愣几个也喜欢去录像厅，主要是那里经常放一些光着屁股的女人，但也不是色情类东西，也就像现在 KTV 的一些歌曲中性感的女人的画面，不过在那个时候也算是比较前卫和时尚的东西了。当时我们还比较小，在那些年轻人眼中也是小屁孩儿，在里面看不上几分钟，常常就被大人们赶出来，但我们都不甘心，守在录像厅的外面，等一有机会就溜进去，被他们发现了又赶出来。记得当时唱一首歌好像是一毛钱，二愣还请我们几个一起唱歌，歌名已经忘记了，反正我们都不会唱，就顾着看电视画面上的漂亮女人了。二愣从录像厅走出来之后，还信誓旦旦地对我们说："等我长大了，一定要娶电视上的那个女人。"

在晚上看戏，戏台上是演员的天下，台下那就是年轻人的天下。因为老人们很少去看夜戏，即便是去了也是坐在离戏台较远的地方。在戏台下面的都是男男女女的年轻人，站得满满的。年轻人并不是为了看戏，而是为了起哄瞎闹，当然还有部分人是为了占女孩子的便宜。年轻人都喜欢说"挂麻子"，意思就是谈对象搞不正当关系。麻子其实是一种农作物，颗粒很小，但吃起来很香，青年男女都喜欢吃。晚上看戏时，男青年为了接近女青年，往往就装着麻子，故意对女孩子说"吃麻子吗"等肉麻的话，然后就扯开话题。如果女孩子也有好感，就会和男青年相互闲聊起来，这样一来二去就算是相识了。我们这些小孩，也不懂男欢女爱的事，但常常掺和在男女青年中看热闹。

记得有一次，我和狗子、六七去看夜戏，三个人站在台底下像哈巴狗一样看着台上的表演。台下有好几个青年都和一个十分漂亮的女孩子胡扯，到后来都开始说流氓话，女孩子要走，结果被他们围堵住了，旁边别的青年英雄救美，结果双方发生了争执，最后打起架来了。很多看戏的人都散开了，台下两伙人厮打在一起，最后有一个年轻小伙子被砖头打倒了，有一个小砖块打在六七的胳膊上，六七疼得一声惨叫。就在这时，派出所的人及时赶到，几个青年仓皇逃跑了。我们也怕派出所的人抓我们，就从人群中逃跑了。等我们跑出戏场时，六七也忘了疼。我撕开六七的衣服一看，他的胳膊上肿了一大块，幸好没有什么大碍。我们也不敢告诉家人，主要是怕说了之后，以后就根本没有机会溜出来看夜戏了。看夜戏打架是最正常不过的事，大都是男青年为了某一个女人而打架。当地流行这样一说法："麻子好挂，打架难防。"年轻人如果要是在看夜戏时太招摇，往往就会酿成事端，打架就是最好的解决方式。不过，这是些极端事件，也有男女青年在戏场一见钟情，最后成了夫妻的，不过也是少数中的少数。

看夜戏时，往往会闹出很多笑话。有些男青年比较搞笑，故意穿上女孩子的衣服，在戏场上和女孩子套近乎，也不会引起其他男青年的注意，最后抱得美人归的情况时有发生。但有时候也被一些男青年调戏，等对方发现那人也是男的时，往往会引起台下不小的骚动。看夜戏时，在台下发生的事情甚至比台上的戏更好看，所以很多年轻人都喜欢看夜戏。不过有时候，由于台上一些演员水平太差，演出时忘了词，或者出了很多错，也会招来一些年轻人的抗议，会向台上掷石子或烂菜叶，这样的情况很少发生。朴实的老百姓其实还是最好糊弄的，只要能看过眼，他们都是比较客气的。一般情况下，人们是不会和戏子过意不去的，毕竟很多戏子都算是城里人，乡下人还是比较向往城里人的生活的，所以对来乡下的城里人都保持一种热情和客气的态度。

在记忆中，我看的夜戏并不多，主要是当时我已经上学了，家人也不容许我去戏场鬼混。等我长大了，却离开了家乡，所以很多关于夜戏的趣闻都是听说的。后来，也时常听熟识的朋友讲起故乡的夜戏，可对我来说，那是一种朦胧的回忆，只有挖空心思地去想象了。有很多荒唐可笑的趣事，听人诉说时才更美好。

如今，每每看到城市中大大小小的演唱会，我都会想起故乡的夜戏。

27. 麻子何物

在猴山，说起麻子，人人都不陌生。但在外地，尤其是南方，一提起麻子，很多人就直摇头。

麻子，到底为何物？

简单说，麻子是一种农作物，形似芝麻，枝高一米左右。所产籽粒同绿豆大小，外壳坚硬，内肉质香，可用于榨油，色泽暗黄，味道悠香。农作物麻子的籽实，可食用（嗑食，猴子尤喜）、榨油、包饺子、药用。麻子的种植方式有两种：进行密植，则长势高，分叉少，成熟季节割下，将秆用水浸泡数日，再将皮剥下，即成麻；进行疏植，则分叉多，多用于采集种子。

在猴山，麻子不算主产，自然也不会整片栽植，但到处都可见麻子树。一般在种土豆的梯田边上，或者是种玉米的地里，零零散散地种植一些麻子，远看就像是一排排的绿色护卫。麻子看似梯田地的绿色护卫，但实际上是招来麻雀等飞鸟的诱饵。凡是麻子成熟的季节，都可以看到很多麻雀躲在麻子枝上偷吃，连田地里的麦田也往往跟着一起遭殃。说到底，还是麻子好，连麻雀都喜欢。

在猴山有一个传统，每年农历十月初一，人们都有“烧寒衣”的习俗，猴山人经常叫“送寒衣”，但意思都是一样的，是给去世的亲人送过寒冬穿的衣服，这是很多孝子对去世亲人的一种怀念。天寒地冻，风雪飞舞，在世的人也能理解去世之亲人在另一个世界的凄苦，于是就送些衣服，也算是为过冬做准备了。现如今，很多爱心机构到了冬天为偏远地区捐物捐钱，其实道理也是一样的。不过，为去世的亲人“送寒衣”，并不是送真正的衣服，所有阴间使用的东西都是用纸制作的，所以寒衣也是用纸剪的。当然，“送寒衣”只是猴山人每年农历十月初一的一个习俗，还有一个就是吃麻麸馍馍。民间俗语道：“十月到了十月一，麻麸包子送寒衣。”

麻麸馍馍是猴山的一道地方美食，也是我儿时最爱吃的食物。麻麸馍馍是把麻子用石磨磨过，再用箩过滤麻皮后，将麻油、麻肉夹于饼子中间烙熟，用菜叶子蘸麻油刷外皮做成的色艳、质软、味美的小吃。有人走遍大江南北，吃过无数山珍海味，但提起麻麸馍馍，很多人不但没有吃过，甚至连听过的人也寥寥可数。但我认为，一个美食饕餮者，不曾吃过猴山地方风味的麻麸馍馍，的确是一种遗憾。对于麻麸馍馍的钟情，并不是我对故乡的怀念，而是它的确是一道可口的美食。吃过麻麸馍馍的人，大都是经过苦涩磨难的人，但如今这个年代，要吃上它，就要逢个好时日了。十月初一吃麻麸馍馍，是我永远不忘的美食情结。

前面提到过“挂麻子”一说，其中所指的就是可以食用的麻子，可见麻子为猴山等地的青年男女谈情说爱作了不少贡献。几颗小沙粒大的麻子，居然能够起到调情的作用，的确有些神奇。不过，在猴山，凡是男青年提起“挂麻子”，言语中都有对女性不尊重的成分，也不算是一种好话，只有流氓、二流子才会天天挂在嘴边吹嘘个不停。说起“挂麻子”，也并不是所有人都能够如愿，前提是要会嗑麻子。麻子做的美食大家都会吃，但嗑麻子的确是一个技术活，必须要有风度，要不然那种嗑麻子的丑陋样，估计女孩子看了都躲得远远的，更不要说谈情说爱了。

在猴山，天天都可以见到麻子，但真正会嗑麻子的人并不多。有些人和麻子打了一辈子交道，可就是学不会嗑麻子。一个麻子直径就一毫米左右，而且是圆的，放在嘴里要把它咬破之后，才能吃到麻子壳中那一粒鲜美的麻子仁。如果稍不留心，不是麻子掉了，就是牙齿和舌头打得“血流成河”，所以嗑麻子并不是那么容易学会的。首先必须牙齿好，其次要舌头灵活，能够控制麻子在嘴中的位置，只有具备这些条件，经过反复练习，才能学会嗑麻子。

在我们小时候，二愣最傻，小时候偷吃麻子的时候，往往不小心牙齿咬到舌头，满口都是血，我们看着都心寒。后来，他嗑麻子时就连麻子壳和麻子仁一起吃，看他那个吃相，就让我想起猪吃玉米棒子的情景来。在我们“王八蛋组合”中，山桃嗑麻子的水平最高，她的小嘴巴一动，麻子壳就分开了，巧妙地吃到壳中的麻子仁。看她吃麻子也是一种享受。

后来长大了，听到这样一个说法：嗑麻子技术高，说明吻技就高。山桃到底吻技高不高，我也不知道。不过按照推理，嗑麻子技术高，说明她的舌头灵活度很强，吻技应该不错。带着一种好奇，我曾在网上聊天时询问过山桃这个问题，山桃竟然调戏我说：猴子哥，你要不要试一试？我说：那还是算了吧！她最后回复了两个字：讨厌！我对着电脑傻笑了半天，我想电脑那边的山桃，俊美的脸也一定笑得桃花灿烂。

嗑麻子不仅是一个技术活，还要有一定美感。有一年我回家，在回故乡的那个小车站等车，发现很多人手里挎着一个篮子，吆喝着卖麻子。这当然是一种谋生的手段，也没有什么可非议的，可一看那些人的嘴巴，就让人有些瞠目结舌。他们每个人的嘴上都沾满了麻子壳，看起来就让人觉得很不舒服，如果要形容他们的吃相的话，那就是两个字——丑陋。吃麻子事小，可吃出丑态来，那就事大了，是关系到一方风土人情的大问题了。

关于麻子，我只有在记忆中搜索它的影子了。我知道，它一直存在于我的成长之中，只是当初并没有引起我的重视。如今，我感知到了它的存在，可它却在我的生活中彻底消失了。人这一生，很多事亦是如此。

28. 麻雀杀手

在猴山长大的人，可以说大都拥有一个麻雀童年，当然是特指我们这一代以及前几代。因为，今天的猴山已经没有麻雀的影迹了。

小时候，我们天天追着麻雀跑，因为那时的猴山到处可见乱飞的麻雀。麻雀被猴山人定义为害虫，所以根本没有人有要保护它们的意识，凡是看到麻雀，能抓就抓，抓住了就杀，对于害虫，猴山人手下绝不留情。在童年，我亲眼目睹过猴山人大肆猎杀麻雀的行为。当然，稚嫩的我也加入了那些疯狂的人群之中，可以说过了一个痛痛快快的童年，至少在捕杀麻雀这件事上，从来没有人责怪我们，以致生性顽劣的我们变本加厉地残害麻雀的性命，一发不可收拾。现在想来，这简直是一种罪。

在还未上学的那几年里，我每天都在捉麻雀。这也许是生活在猴山的孩子的天性，总喜欢手里抓一两只麻雀东奔西跑，看着麻雀在自己的手中折磨致死方才罢休。在那个时候，我还没有形成对生死的认识，一只麻雀的生或死对我来说并不重要，重要的是我每天可以捉着麻雀玩。现在想来，那是一种残酷的成长观。当我真正明白人与自然应和谐共处时，我才知道童年的我犯下了不可弥补的错误。当时，为了捕捉到更多的麻雀，我们学会了很多本领，比如爬树拆毁麻雀的窝，冬日里在雪地里用筛子罩麻雀，拿着弹弓打麻雀等。很多麻雀的性命，就葬送在我们的手中。

在我们这些孩子中，狗子的本领最好。他观察力好，爬树技能高，所以经常捕捉到很多麻雀。记得有一次，我和四水跟着狗子去山林里捕捉麻雀。狗子手里拿一个棍子，大概有两米长，棍子一头扎着一个布袋子，布袋口是圆的，看起来很像捕蝴蝶的道具。在山林里，麻雀很少见人，所以也不怕人，即便离麻雀一米近，只要不伸手去捉，麻雀也不会动。狗子发现了这一个特点后，专门做了一个捕麻雀的道具，一天下来能捕捉到几十只麻雀，这对于我们来说，绝对是一种神奇之功，很多大人对狗子的这一创意也都赞叹不已。

不过，狗子的捕捉行为仅限于在山林之中，因为山林中的麻雀不怕人，所以才可以近距离地捕捉。但如果在田地里，连一只也捕捉不到，因为偷吃庄稼的麻雀一般都比较聪明，一看到人走近，马上就飞了，根本不给人捕捉的机会。所以，在空旷的地方，三娃就是个捕捉能手。因为他打弹弓准心高，一般麻雀都难逃他手中的弹弓。

说起弹弓，城里的孩子可能很陌生，但童年的我们拿着弹弓可是干了不少缺德的事。那个时候，由于条件限制，我们的弹弓都是用树杈和自行车内胎剪成的皮筋条做成的，弹性一般，一个石子打出去也就是十多米远。有时候为了射程更远，拉力过大，一拉把树杈折断伤害自己的事情也时有发生。

有一次，六七打弹弓，结果石子没有发出去，反弹过来，把他的额头都擦破了。即便这样，我们仍然没有认识到弹弓的危险性，尽管大人们经常加以制止，我们还是偷偷地藏在衣兜里，等没有人的时候就开始玩。六七打弹弓几乎是百发百中，只要他一出手，目标中的麻雀就难以逃命。十几米之外的小麻雀，六七都能准确地打到它，我想这小子要是去练射击，没准还能拿个世界冠军回来。可惜从来没有人认为打弹弓是一技之长，凡是“不能当饭吃”的行为长大后都“改邪归正”了。六七用弹弓打麻雀，就像现在电视剧中的狙击手。他的潜伏能力很好，一般不会被麻雀发现。他躲在一处悄悄地射击，所以很多麻雀在枝头欢声雀跃的时候，一不小心就送了命。可以说，六七算是一个真正的“麻雀杀手”，至少有数百只麻雀在他的手中丢了命。

后来，我们都上学了，接受了相对正规的教育，有更多更有意思的事等着我们去做，所以就不怎么和麻雀打交道了，至多就是偶尔可以看看成群的麻雀从我们的头顶飞过。在猴山的小树林里，每逢早晨和傍晚，都能听到麻雀叽叽喳喳地叫个不停。我们认为那是麻雀在开会，有兴趣时常常扔一两块石头，就能看到成千上万只麻雀从树丛中起飞而逃。

又过了几年，已经看不到成群结队的麻雀了，只是在一些地方看到两三只飞来飞去。一晃二十多年过去了，当我又一次走在故乡的山林中时，再也看不到麻雀飞翔的痕迹。那一刻，我才清醒过来，麻雀真的离我们而去了。

麻雀在猴山的消失，使我意识到自己是个罪人，但真正让麻雀远离猴山的原因却是猴山环境的大改变。农药的大量喷洒和极端的气候条件，让麻雀在猴山没有了安身之所，所以只有逃命，逃到没有猎杀和污染的地方，继续飞翔和鸣叫。麻雀的离去，让猴山的早晨都寂静了，可对于习惯了吵闹的猴山人来说，寂静似乎是一种折磨。

时间如流水，金色美好的童年一晃而过，许多陈年往事都被抛在九霄云外，唯有麻雀一直让我念念不忘。

如今，在猴山成长的孩子们已经不知道麻雀长什么样子了。他们每天拿着书本读关于麻雀的文章，正如当年我们打开书本看大熊猫一样。没有麻雀的童年，是一种遗憾，也是一种伤感。

可谁在为遗憾和伤感喊冤呢？

29. 迷信治病

猴山的老一辈人经常这样念叨："迷信迷信，不可不信，不可全信，为了治病，也要一信。"正是抱着这种半信半疑的态度，猴山人一直未从迷信中走出来。在我小时候，这种思想和风气尤为严重。

小时候，有一次我感冒生病，医生看了也不管用。当时猴山人的观念落后，生了病也不知道去医院，随便请个乡下医生检查一下。那些医生的医术不高，这个倒可以理解，关键是他们的药也不正规，即便下对方，可药无效，依然治不好病人。一个轻微的感冒，折腾了七八天都不见好，奶奶开始着急了。她一着急，就开始使用土办法，端来一碗水，水中放了三根筷子，然后用筷子蘸水，在我的头上抡几圈。奶奶口里说个不停，但具体说什么，我却听不清，但是看奶奶虔诚的样子，睡在炕上的我却傻笑了起来。结果奶奶更加悬乎了，把一根筷子平放在碗上，让另外两根筷子交叉立起来，听奶奶口里念道："你骑上马，赶快回去……"然后就点燃一张纸在我头上抡，直到那两根筷子倒了，奶奶才端着水碗走出了门，把碗里的水泼到门外的十字路口。等了好几天，依旧不见病有好转，奶奶开始进进出出地絮叨个不停，最后动员家里人请阴阳师为我治病。

后来，阴阳师来了，其实就是离我们村不远的一个怪人，有时候赶集在路上还能碰到他。我没有觉得他有什么过人之处，只觉得他有点神秘，因为他平时穿着很宽的裤子，走起路来风一吹，看起来威风凛凛的。他的头发很长，时常扎一个红布条，看起来像一个道士，有些神神叨叨的。不过他也是一个人，还是要走路去赶集，碰见熟人也谈些家常事，所以我没有觉得他有什么特别之处。

可是，一进我家门，他就完全变成了另一个人。他安排家里人折桑枝（桑树的枝条，据说可以避邪），找七色线（七种不同颜色的彩线），借五家粮（五家人的粮食），坐在我们家的炕上，铺开红纸和黄纸，在上面用毛笔画了很多图案，写了很多我不认识的字。后来等我上学了，看到阴阳师写的字，我依旧不认识，就这个问题我还专门请教过我们的语文老师，老师拿在手中看了半天也搞不清，最后对我说："这是迷信字，不是汉字。"

一切道具备齐之后，阴阳师穿上他自己从事迷信活动的黑色长袍，戴上一顶毛毡帽，手里拿着一个摇铃（青铜制作的，左右摇晃时就会发出怪异的声音），然后就开始念经，声音断断续续的，像是一只公鸡被针扎了一下发出的声音。

除了他，家人还请来很多邻居，有人打鼓，有人敲锣，有人放鞭炮，还有人在他左右伺候。他念了一会儿经，就开始在院子里四处乱走，据说那叫走八卦步，而且院子里所有的灯都关了，谁也不知道他怎么走。最后沿着院子的东南西北四个角上都烧香祭奠之后，他来到院子中央，念了长达十多分钟的经，然后把一只老母鸡举在手里跳了几圈后就结束了。为了给我治病，他还专门宰杀了我家的一只老母鸡，据说是为了治病用，但也没见派上什么用场，只是拿着母鸡在院子里走了几圈，第二天他吃了那只母鸡之后才离开。后来，听家里人说，他要杀鸡，一来是为了禳病，二来是他想吃鸡肉。前者可能是幌子，后者恐怕才是他的真实目的，毕竟在那个年头，吃一只鸡也要选个黄道吉日。

阴阳师在我家的那一天，我们整个村子都没有安宁过。他一会儿敲锣打鼓，一会儿指使人放鞭炮送神，一直没有停止，折腾到半夜两三点才结束。我们那个偏僻寂静的小山村，也算是热闹了一个晚上。四水和狗子听说我病了，也过来帮忙烧香敬佛，整整忙了一个晚上。

说来也怪，阴阳师离开的第二天，我的病情就好转了，不怎么咳嗽了，也不发热了，开始吃饭喝水。这样一来，奶奶便更加迷信了。此后许多年，凡是我有大小病，她都会把那一次治病的事例摆出来作为根据。在奶奶的心目中，迷信就是科学。只要能够治病，迷信也没有什么坏处。但是，后来的几次迷信，都没有把病治好，也许世间不会有那么多的巧合，但奶奶依旧迷信。看来，奶奶被阴阳师骗了一次，却被迷信骗了一辈子。

在猴山，很多老一辈人之所以相信迷信，也并不能说他们完全愚昧，只是生活中原本就有很多巧合，他们在迷信活动中又确实获得了一定好处，所以相信迷信并不是他们的错，要怪就怪那些利用迷信欺骗老百姓的人。但什么是迷信，什么是科学，很多人心中并不明白，甚至有些阴阳师利用科学进行迷信活动，确实让人不可思议。

在我童年时，猴山的迷信风气比较盛行，一年到头总是有人家敲敲打打个不停。时常也听到一些富裕人家请阴阳师拜神求佛保安康，我们几个小孩闲着没事时就开始学阴阳师说说唱唱，手里拿一根棍子，敲打着铁脸盆，在猴山的小路上进行“赶鬼”活动，闹得整个村庄不得安宁。对于我们来说，迷信只是传说，阴阳师的怪异动作和打扮才好玩。迷信在我们的心中曾存在过，长大后，科学摧毁了迷信，我们都立场坚定地站在了科学的一边。邪恶习俗固然重要，可能在某一时间内确实存在，但随着时代的进步和科学的发展，邪恶也将化为云烟，在猴山彻底消失。

如今，猴山人大多都不怎么相信阴阳师了，因为医疗技术发达了，有病就找医生，所以搞迷信也没有用。老百姓之所以相信迷信，就是因为迷信可以治病救人保安康，但大量事实证明并非如此，所以他们也就不相信了，这就是他们的生存法则。

迷信治病，在今后猴山人的生活中，或许只是一种传说罢了。

30. 乡下赶集

在乡下，人们的日历中是没有星期天的。因为农闲时每天都可以是星期天，农忙时天天就守在田地里，哪里还有什么星期天。忙和闲是根据农作物的季节性划分的。有的人生活了一辈子，或许心中都没有一个星期天的概念。赶集是乡下人生活中的一部分，赶集日犹如城里人的星期天。

在猴山，每隔一天就是一个赶集日，一般是双日赶集，单日耕种。逢集的日子，猴山及邻村的老少爷们儿、闺女媳妇们都会抽空去集上转一转，一来闲着无事，二来还可以买一些便宜的东西。特别是年纪大的，更是逢集必赶，主要是去凑热闹，碰见熟人聊一会儿，也好打发寂寞的生活。一些年轻的媳妇，赶集主要是为了买东西，看到实惠便宜的漂亮衣服或家庭用具都会选购一些。对于一些未成年的青年男女来说，赶集也是最好的相亲日。因为在农村，一个村子和另一个村子往往相隔好几里山路，如果不是赶集，青年男女几乎就没有机会相见，更不要说一见钟情了。只有在赶集的时候，才有机会相互看上一眼，如果那一霎间产生了莫名其妙的吸引力，说明彼此都有好感。有勇气的青年小伙子往往会主动和女孩子搭讪，讨得女孩子的欢心，如果女孩子喜欢，自然也不会拒绝，但依旧保持着拘谨的态度。不过，在男孩子的追问下，女孩子也会自报家门，这就为双方进一步发展提供了线索。

当男青年得知女孩子所在的村子时，就会找一个媒人去女孩子家说亲。媒人以前都是女的，也就是人们所熟知的媒婆。不过由于山路太遥远，女的走长路不利索，所以后来媒婆渐渐退出了说亲的舞台，变成了媒爷。媒人到了女方家，往往都会受到盛情款待，即便是不同意这门亲事，对媒人还是比较客气，因为这也关系到一个女孩的声誉问题。要是连媒人都得罪了，即便是一个贤惠漂亮的好姑娘，也会被媒人说得一文不值，最后嫁出去都比较难。所以，在乡下赶集时，往往会看到很多穿着漂亮的姑娘在集市上走来走去，身后往往跟着一群嘻嘻笑笑的年轻小伙。

有一件事值得一说，那是关于二愣爸妈年轻时的故事。

据猴山老人们讲，二愣爸年轻的时候可算是猴山村的帅小伙，加上二愣爸的爸——也就是二愣的爷爷——当时在猴山村有一定的威望，所以家境很好，要是哪位姑娘嫁给二愣爸，可以说就能享一辈子的福。所以，二愣爷爷未曾给二愣爸张罗亲事，就有很多姑娘家人请媒人到二愣爸家说亲，这也是二愣爸家的荣耀。可二愣爸都看不上那些姑娘，所以他的亲事一度成为邻居们茶余饭后的闲谈和猜测。

有一次二愣爸去赶集，在一个卖衣服的摊位前看到一个长得水灵灵的大姑娘，大大的眼睛，浓浓的眉毛，二愣爸一看就喜欢上了。二愣妈一看二愣爸长得很英俊，所以也心生好感。于是，两人对视了几秒钟后，二愣爸就开始找话题搭讪，两个人聊了不到一小时就已经很熟悉了。赶集结束后，二愣爸就带着二愣妈回家了，对着二愣爷爷说："我就要娶这个姑娘。"二愣爷爷也是丈二和尚摸不着脑袋，盘问了好久才得知具体情况，于是找左邻右舍合计了一下，就同意了这桩亲事。据说当时二愣爸家雇了七八个人，扛着两条猪腿和八个大馒头，带了些喜钱，找了一个能说会道的媒人直奔二愣妈家说亲。过了一个月，二愣爸就娶回了二愣妈，一年后就生下了胖子二愣。童年时，我们经常在二愣面前提起这事，这小子不但不生气，还傻乎乎地问我们："我咋就不知道呢？"

对于我们小孩子来说，赶集就是为了吃一个油饼。当时，一个油饼大概只要八分钱，但也很少有人吃得起。不过，在人来人往的大街上，手里拿一个油饼吃，那绝对是一种自豪，并不是所有的孩子都能那样，四水就不行。

在我的记忆中，四水家一直很穷，倒不是因为四水的父母懒惰，主要是从四水爷爷开始，他们家就一直没有富裕过，所以那也是祖传下来的问题。

在集市上，很多孩子手里拿着一个碗口大的油饼吃，四水却常常手里挎着篮子，里面装着三五个鸡蛋，换成钱后还要给家里买一些油盐。四水从来不多花一分钱，所以一直是个乖孩子，加入我们“王八蛋组合”，实在也有些冤枉。不过，每当我买了一个油饼，都会分给四水一半，所以我和四水的关系最好。有时候四水看出我心里有些不乐意，也就不愿意吃，我反而觉得他不够哥们儿，有好吃的还不吃，有些不能理解。不过，多年后，我慢慢明白，原来幼小的四水那时候就有志气，不看脸色吃饭，这也是我在那个年龄根本无法理解的。

如今，猴山人还是要去赶集，过着那种简单舒适的生活。也许，集市比过去更热闹、场面更壮观，可惜那个集市上却没有了四水、山桃、水花以及我。

于我自己，赶集是童年中又一个美好的记忆。

31. 小人书事

如今，对小学生们谈起小人书，恐怕没有几个知道的。由于电影、电视以及动漫等的发展，小人书已成为一种回忆，诸多小人书进了收藏家的书柜，进入了收藏市场。小人书代表了中国文化的一个特殊年代，对我们这些从小读小人书长大的孩子来说，总有一种美好的回忆。生活在这个时代的孩子们，早已经和小人书彻底告别了。

在说小人书之前，有必要先了解一下小人书的历史，也好弄清小人书历史发展的来龙去脉，也算是对那个特殊年代特殊文化产物的一种怀念。

小人书，学名叫连环画，是中国传统的艺术形式。最早的连环画是长沙马王堆出土的西汉故事画，到清末有了石版印刷，连环画艺术趋向成熟。1949年后，连环画发展进入高潮期。连环画的黄金时代在20世纪五六十年代。1970年开始，小人书的创作出版又形成了高潮。到了20世纪80年代，小人书发展进入鼎盛期。从20世纪90年代开始，小人书的收藏逐渐升温。

在我们小时候，看得最多的小人书有《三国演义》、《水浒传》、《薛丁山征西》、《东郭先生》、《杨家将》等。在当时，这一类的小人书随处可见，花个一两毛钱就可以买到一本。有了小人书，也是向其他同学炫耀的一大资本。

在我小时候，关于小人书有很多美好的故事。记得我们把小人书叫“画本”，主要是因为每一本小人书大都是用图画组成的。哪个学生要是书包里有好几本画本，一定就有好人缘，每天都有好多同学围着他，当然主要是为了借他的画本一读，足见当时孩子们对知识的渴求。当然，画本上的知识大都与书本无关，但是几乎每个小学生都喜欢。最让人头疼的是，当时的老师非常严厉，除了要求学生每天读书写字外，基本上不允许我们看画本。所以，在我们的观念里，看画本的学生大都不是好学生，但我可以肯定的是，当时的每个学生都偷偷摸摸地读过画本。画本留给我的想象，是在课本中永远找不到的。有些学生对画本的痴迷，丝毫不亚于如今孩子们对动画片的热衷。当时的教育，就是为了让学生能够走出那座大山，所以老师们除了关注学生的学习成绩外，对于学生的其他一切喜好基本上都是一票否决，要是哪个学生在学校看画本，必然受到惩罚。

小学三年级时，我记得班上有一个男孩子，他爸是学校的老师，所以他的书包里总是有七八本好看好读的画本。为了借一本读读，我们都一味地讨好他。有一次，他大发慈悲，借给我们几个每人一本。画本是老师和家长都一致反对的儿童读物，既不能被老师发现，也不能带回家看，所以我们就在课堂上偷偷看。结果，一翻开画本，我们的心就被勾了过去，语文老师在讲台上讲课，我们几个在下面偷看画本。最后，语文老师走到我的身边我都没有发现。他拿起教鞭在我身上一顿猛抽（当时老师打学生是理所当然的事），吓得我双手捂住了头，为了保护那小小的画本竟然忘记了疼。我上课不听讲，说严重一点，那也是对老师权威的挑战，所以语文老师大发雷霆，一气之下把我手中的画本撕得粉碎，然后把我赶出了教室。其他几个和我一样偷看画本的学生都吓得浑身颤抖，其中就有二愣和狗子。二愣都吓得尿裤子了，虽然没有被老师打骂，但下课后却遭到同学们的嘲笑。下课后，语文老师把我带到办公室，对我进行了一番教导，然后叫我说出画本是从哪里来的。无论他如何审问我，我都一口咬定画本是我自己从集市上买的。为了获得他的信任，我还编造了一个很完美的谎言，才躲过了语文老师的审问，然后被赶出了他的办公室。由于我的仗义，没有揭发那个借我画本的同学，所以他也没有叫我赔他的画本。此后，我再也不敢在课堂上看画本了，但我的书包里总是有一本画本，陪伴至我小学毕业。上了中学，学校老师似乎和气了很多，但由于课程多，我也渐渐远离了画本。

不知从什么时候开始，画本在我的生活中不知不觉地消失了。当有一天，有人对我提起画本时，我除了回忆还是回忆。时代变了，我的生活里再也没有画本了。

小人书，或许只是我们成长的那个时代特有的文化印记，如今它已经在人们的视野中永远地消失了。可每每有人提起小人书，依旧有一段美好的往事浮现在我的脑海中，有时候我甚至不知道该怎样去诉说，却能想起在我成长的那个年代里，小人书陪伴在我身边，直至有一天我渐渐地忘记了它。

32. 电影往事

在童年的记忆中，电影是黑白的，没有一点色彩。其实对电影，我也没有太多的记忆，那些零碎的记忆就如同天上的流星一样，间或飞过我的脑海，然后稍纵即逝。所以，对电影的记忆，仅仅是一个荒唐的故事。

现如今，提起电影，谁人不知谁人不晓？看电影已成了一种日常生活的消遣，只要有时间就能如愿。可在我童年的那个时代，电影的确是一件稀罕的物事，我们只是从乡里头的长胡子爷爷那里偶尔听到，更不要说看一场电影了，那也许要等上好几个年头才能有那么一次。可遗憾的是，即便是那一次，有的童年伙伴还是错过了，四水就是一个。

四水在有生之年从来没有看过一场电影，即便是黑白的，他都错过了，这不能不说是一种伤痛和遗憾。但是受那个时代条件的限制，谁也没有办法满足他的心愿。我还清晰地记得我和狗子绘声绘色地讲述电影场面时，四水那种惊讶又好奇的眼神，那是我一辈子都难以忘怀的。

但我要说的是另一件事，和四水无关。在这个故事中，四水去亲戚家了，所以没有参与。

那是一个阳光灿烂的冬日下午，我刚吃晚饭，就听见村长在村头宣布，说是有人来村里放电影，叫我们全村人晚饭后去打麦场旁的小树林里看电影，因为那是我们村子人集中活动的地方。说是树林，其实也没有几棵树，地面乱七八糟地放着石块，主要是人们夏天休息的地方。由于正处于村子的核心地位，村里人来人往最多，那个地方因而就成了村民聚会的场所。

当时，选择在那里放电影，主要原因是那里有两棵树，不用搭架，拉一条绳子就可以挂起支架幕，可以减少很多繁杂的程序。我跑到小树林时，已经看到几个陌生人把所有的东西都装备好了，我想凑近去看一看那神秘的放映机，结果被他们阻止了，可能是怕我太过激动，一不小心碰坏了那玩意儿，所以只准我远观，不可近玩。

暮色刚刚沉下来，曾一度沉寂的猴山村一下子来了许多外村人，男女老少加起来有好几百人，场面一下子热闹了起来。等我和狗子、六七等伙伴回过神来时，看电影的人已经站满了整个小树林，而且大都是我们不认识的。幸亏我们个头矮，可以在大人堆里穿行，所以即便站满了人，我们最后还是站到了最前面。其实，我当时想拉着水花和我一起挤过去，但是水花比较腼腆，所以她最后还是拒绝了，以至于她那天虽然去了电影场，却什么都没有看到，看到的只是一个个人头和屁股。后来，我曾向她描述那场电影的情节，但是我也没有看懂，很多都是我胡编乱造的，不过水花还是信以为真了。因为那个时候的我们，对谎言是没有任何免疫力的。

那天晚上总共放了两场电影，但是我都不知道叫什么名字。第一场放完了，我都不知道演了些什么，看也没有看懂，就记得里面有一个人拿着枪，好像很厉害，杀了很多人，至于他们说什么，我也没有听懂。当时的音响很差，加之人太多，根本就听不清电影里的声音，只听到“嗡嗡嗡”地响个不停。放完第一场电影，中途要休息一会儿，这时候小树林里沸腾了，很多大人们都讨论着电影情节，唯独我们小孩子乱跑乱跳。

我和狗子去打麦场的墙角撒尿，其实那个地方是不能撒尿的，但是在晚上谁也不知道，我们俩就偷着去了。当我和狗子正在撒尿时，突然听到一男一女大叫起来，我们俩以为是鬼，吓得腿直发抖。但等反应过来，才发现我们眼前有一男一女躺在地上，狗子的尿正好撒在了他们身上。所以，他翻身起来提着裤子就把狗子踹了一脚，幸好我跑得快，他没有来得及打我。很多年后，我才知道他们在那个黑暗角落里是在“打野战”，可当时我并不太明白。

我逃跑时，听见狗子一声惨叫，又跑了几十米，正好遇到狗子哥，急忙告诉了他。狗子哥带着村里的几个人跑了过去，狗子才得以脱身，剩下的事我们就不知道了。反正第二场电影刚开始几分钟，打麦场上就开始鬼哭狼嚎地叫了起来，是两伙人在打架，一伙人是狗子哥及我们村的几个年轻人，另一伙是我和狗子把尿撒在他身上但没有看清面目的外村人，当然还有一个女人。最后，当然是外村那伙人吃了亏。我们猴山自古有“武术之乡”的美誉，即便是乳臭未干的黄毛小子也都会个一招半式，所以绝对占有一定的优势。何况，强龙压不过地头蛇，在我们猴山村，外人自然是占不到半点便宜的。狗子哥一伙人把对方打得跪地求饶。所以，第二场电影我和狗子基本上没看，光顾着看他们打架了。那伙人走后，猴山村的年轻人怕他们折回来报复，一个晚上都守在村头，直到第二天天亮，大伙才彻底放心了。

后来，狗子娶了一个贤惠的农村媳妇，生了一个大胖儿子和一个水灵灵的丫头，一家人过得有滋有味。有一次过年回家，我去狗子家做客，我们俩不经意间聊到这个话题，狗子的胖儿子听得津津有味。等我们聊完时，狗子的胖儿子问我：“叔叔，那一男一女那天晚上在干什么啊？”

当时我一愣，心想现在的小孩儿真不简单，我们当时怎么就没有质问他们在干什么呢？我又傻笑了一下说：“这个你要问你爸爸和妈妈了。”

狗子一听，哈哈大笑了起来。狗子媳妇急忙走过来拉起儿子的手说：“大人说的话，小孩子瞎问什么呢？”

狗子的胖儿子依旧穷追不舍地问，我们三个大人一时真不知道怎么回答一个天真的孩子。最后还是狗子媳妇灵活，便说：“他们是等着抓不听话的小孩。”

狗子儿子一听乐了，一边大声喊着“爸爸不听话，小时候乱撒尿……”一边跑出了屋子。

我和狗子在屋子里大笑了起来，直笑得我的肚子有点疼。

在童年，我就看了那一场电影，但也没有记清看了什么，也不能不说是一种遗憾。可是有这么一个故事长存在我的记忆中，多少算是一种补偿。当我们渐渐长大后，能够记住的故事已不多了，很多人不都是一直在忘记吗？有了故事的童年记忆才是最美好的，也是值得一辈子去怀念的。

33. 死亡线上

不是我吹嘘或自命不凡，我并不怎么怕死，因为我是从死亡线上爬过来的。凡是体验过死亡的人，都知道死亡无须恐惧，只须和死亡斗争到底。求生是一个人的本能，当这种本能变成一种习惯时，死亡无处不在，所以也不必恐惧。即便是生活在这个繁华的社会中，其实每天我们都游走在死亡线上，但似乎并没有人为此而担忧。

每天看新闻的人会发现，这个世界上每天都有死讯，有些甚至就发生在我们身边。稍有不幸，我们也许就会死去。可当我们侥幸存活下来时，我们似乎对别人的死亡都抱有一种麻木的心态。所以，天长日久，当我们听了过多的死讯，我们也开始无动于衷了。在有些人的眼中，死一个人和死一只鸡其实是一样的，那些在痛苦中挣扎的生命，很多是因为世人的冷漠而死的，他们原本是可以活下来的。

只有在死亡面前，我们每个人才能谈真正的平等。无论你是身家过亿的富豪，还是靠救济的弱者，生命都是同等的。有些人之所以认为生命不同等，就是因为把金钱、权贵和名利凌驾于死亡之上，给生命贴上了太多的标签，看到的只是那些或华丽或灰色的标签，并没有看到死亡本身。在死亡面前，我们都是同等卑微之人。财富或许可以延长人的寿命，但并不能让人避免死亡。终有一天，一个人一生所获得的财富在他面对死亡时会一文不值。

财富，对创造财富的人来说，终有一天会失去价值，只能让更多为财富奔走的人感到一些欣慰。有些财富拥有者的死亡，对于别人来说也是一种财富。在面对真正的死亡时，我们永远是孤独者，且无须畏惧。那些烈士，之所以甘于献出生命，就是因为正视了死亡的价值。一个面对死亡问心无愧的人，才可算是一个真正成熟的人，这往往需要一辈子甚至几辈子的修为。当有人问我生命的意义时，我认为生命的意义就是与死亡抗争到底。谁能够正视死亡，且与其勇敢地斗争，我想他就一定能够找寻到生命的意义。

童年时，我就曾与死亡斗争过。当然，我有幸胜利了，也算是我生来第一次为胜利而欢呼。“起死回生”的胜利，比什么都珍贵。

那一年，我正读初二。有一次周末回家，我发现自己的身上长了很多红斑，起先我也没太注意，只是觉得浑身奇痒难忍，所以总是坐立不安。无论是走在路上还是坐在炕上，我都要用一只手搔痒。不到半天时间，我的脖子、脸上都长出了红斑，我一看镜子吓了一跳。等奶奶看了才确认那是麻疹，于是我就被母亲“囚禁”到一间屋子里了。据当时乡下人的治疗办法，凡是出现麻疹，也不用去看医生，关在一间屋子里隔离几天，不能受风寒，吃喝拉撒睡都在一个屋子里，而且要用被子把身子捂住，这样过几天麻疹就会自然而然消退了。

接下来的一周里，我都没有迈出屋门半步，吃喝全由母亲照料。当时已快到夏天，天气有些热了，我整天躺在床上，用被子把身子裹住，浑身流汗，但还是不能掀开被子，实在忍不住了，就悄悄地掀开被子，但母亲一看到马上就又命令我盖住被子，且说了让我听了都害怕的后果，所以我只有在被子里忍受着痛苦和折磨。就在那将近一周的时间里，我差不多把这辈子的瞌睡都睡了。那种沉睡不是享受，而是一种煎熬。那种煎熬，至今仍让我有些胆寒。

麻疹本来就会让人略微发烧，可又被被子裹住，实在太难受了。有一天夜里，我发烧了，人迷迷糊糊昏迷了过去。我梦见自己躺在浮云之上，身子下面空空荡荡的，感觉随时都可能掉下来。我像一只自由的小鸟一样飞呀飞，一直在蓝天上飞，生怕自己掉下去。可后来，无论我怎么挣扎，还是掉下来了，就在掉下的那一瞬间，我惊醒了。我面前是母亲殷切的眼神，还有一个邻村医生在给我打点滴。我才知道那是一个梦，一个徘徊在死亡线上的梦。

从死亡的梦中惊醒，我询问母亲，她告诉我我已经沉睡了将近六个小时，她说着说着就掉下了眼泪。对我来说，那只是一个梦，在那个梦中，我不再感到浑身奇痒无比，也不再为吃喝忧愁，就像一只快乐的小鸟，在蓝天白云之间自由地飞翔。

此后，我再也没有做过那么美好的梦，那个梦几乎伴随了我整个童年。很多年后，我才知道那个梦与死亡相关。或许，如果没有及时救治，我大概就一直那样沉醉在美梦中再也不会醒来。我甚至有些相信，人生或许就是一场梦，不过是好是坏，就很难说了。

那一场病，是一个梦，其实是在死亡线上的挣扎。幸运的是我及时醒了过来，从死亡线上捡回了一条薄命，也算是今世之福。带着这种福气，我的童年一路欢歌笑语，再也没有什么可悲可叹的了。

我们每个人之所以感到生活幸福，大概是因为看到了太多的不幸，在不幸中懂得了知足，懂得了珍惜，懂得了回报。凡是在死亡线上挣扎过的人，无论生活多么艰难，都一定会觉得幸福，因为没有死亡的困惑本来就是一件幸福的事。生命是高贵的，在死亡的恐吓之下，尤其如此。

在童年的梦中，我似乎一直是在地上跑，但唯独有两次变身成鸟飞在天上。一次是挣扎在死亡线上，一次是拿到大学录取通知书。

记得离开猴山南下求学的那天晚上，我也做了一个梦，梦见自己变成一只北方的大雁，从猴山的山顶上起飞，飞越万水千山，似乎飞了很长的时间，最终降落在一个陌生的城市中……所以，后来我的网名“北雁南飞”，就是从那个梦中得来的。

在死亡线上，其实不过是一场梦。死亡何惧？也许就是一梦不醒罢了。

34. 婚娶出嫁

在猴山，婚娶出嫁依旧保持着一套老习俗，也算是猴山的祖祖辈辈留传下来的，虽然经过时代大浪淘沙般的冲洗，一些习俗已经退出了人们的视线，但还是有一些被永久地保留了下来，成为猴山的一道独特风景。

男大当婚，女大当嫁，这是亘古不变的道理，但是婚娶和出嫁的习俗各地均有不同。在猴山，有“贺婚”和“哭嫁”之说。所谓贺婚，就是凡是儿子娶媳妇，猴山村民都要举行隆重的庆贺活动，主要是因为在猴山又多了一个人，为了庆祝一个新人的到来，村民都欢欣鼓舞。至于哭嫁，就是女儿即将出嫁时，为了报答父母养育之恩，都是以哭来表达自己的情感。在猴山，哭嫁并没有少数民族地区那样的哭嫁歌，即将为人妻的女子也不是嚎啕大哭，一般都是啜泣几声即可。

在猴山，婚娶是一件极其欢快的事，但是出嫁似乎就是一件让人悲伤的事了。要是哪家儿子娶媳妇，就会从早到晚鞭炮放个不停，锣鼓震天响，一派喜庆气氛。可与此同时，将有一家人为了女儿出嫁而郁郁寡欢，就连那个村庄也变得极其安静。确切地说，婚娶是把快乐带给大家，出嫁就是把悲伤留给自己。

可当婚娶和出嫁同时发生在猴山村时，所有人都不知道该是庆贺还是伤悲了。因为，一般来说，一个村子里很少联姻，娶媳妇都是外村的，所以就可以放肆地庆贺，反正那村人也不知道。在猴山，曾有一户姓李的儿子娶一户姓王的人家的女儿，两户人家相差也不过两里路。一户人为了娶媳妇恨不得吵翻天，可另一户人却为出嫁女儿而愁眉不展，这下子可把村民们都难住了，也不知道该表达哪一种心情。娶媳妇的一户人也不敢大肆张扬，生怕得罪了亲家，所以也极为难。更为难的是村民，一个本该热热闹闹的日子，却不知道该怎么热闹，大家都保持了沉默。

在此情况下，我们的村长傻根大叔出面了。他召集了村里面几个有头有脸的老大爷商议了一番，觉得应该废除“哭嫁”这种习俗。这在当时猴山村人中可是引起了一阵轩然大波：老祖先传下来的风俗，怎么能说改就改呢？敢于向老祖宗发起挑战的，傻根大叔可算是第一人，绝对算得上猴山第一个敢吃螃蟹的人。在他的鼓动下，村里的一帮年轻小伙敲着锣打着鼓去迎亲，整个猴山村又笼罩在了欢乐的气氛之中。

当时姓王的女方家有些不情愿，傻根大叔对女方的家长苦口婆心地劝道：“现在是新社会，女儿出嫁也是好事，并不是让她去受苦，而是去享福，哭什么哭，本应该高兴才对呀，你说呢，孩子他叔？”最后，傻根大叔又罗列了很多事例，但都在说明一个主题：女儿出嫁不是悲伤之事，理应高兴才对。

姓王的家长终于被傻根大叔说动了，这才开始了一场欢天喜地的婚娶。按照以往惯例，女儿出嫁是不能发出任何响声的，但是当时姓王的一家也吵翻了天。猴山的村民欢天喜地地把姓王的女儿从王家抬出了门，让新娘骑在毛驴上。王家的女儿本来想佯装哭几声，可被傻根大叔的一句“闺女，大叔带你去享福，哭啥呢”逗乐了。姑娘一乐，全村人都乐了，鼓声更大了，锣声更响了，周围村民的喊声更高了。很多年后，有人提起时，都说那是最为欢快的一次出嫁，猴山人没有感到半点的悲伤之情。从那以后，猴山村的姑娘出嫁，就再也不哭了，全都是笑呵呵地被别人娶回去享福了。渐渐地，邻村开始仿效了，女儿出嫁时哭嫁的习俗也渐渐淡出了人们的视线。

虽然哭嫁没了，但是一些习俗仍然保留。无论是出嫁还是婚娶，时间都在当日的下午，这个习俗至今未变。

女儿出嫁时，迎亲的人都会带来彩礼，一部分交给女方的家长，还有极少的一部分是给全村人的。给全村人的彩礼，一般都是把一分、二分和五分的硬币包装起来，女儿快要出自己的家门时，这些硬币就由女方家长从院子里丢到院墙外，村里的一些小孩子就在院墙外抱成一团，争抢彩礼。女儿出了门，是不能回头看自己的父母的，父母也会躲在屋子里，不会走出屋门。直到迎亲的队伍再也看不到了，女方的家长才会邀请村里的男女老少聚餐。当然，这些人都是在女儿出嫁时给了彩礼的。聚餐结束，直至送亲的人回来，然后打听男方家的宴席及喜庆活动后，女方的家人才会安心。这一切都结束后，就盼着女儿领着女婿来走亲了。

男方婚娶时，一般在院门外大摆排场，主要是迎接一些前来道喜的亲戚和朋友。等到迎亲的队伍来时，村里所有的人都会聚集在男方家，由村长吩咐每个人做好迎亲的准备，有人放炮仗，有人发烟，有人道喜，有人接新娘，有人摆宴席……新娘到了，大都是被新郎官抱着进门。不过现在也改革了，有些是牵着新娘的手进家门的，看起来更文明了些。不过也因为有些新娘体态发福，体重超额，新郎想抱也抱不起来。等新娘子进了男方的家门，送亲的人随后就到了，这时就是招待送亲的人，礼节丝毫不能怠慢，不然会受到新娘家人的为难。等送亲的人被安排上了酒席，这时候新郎就要去问候，然后对一些年纪大的长辈行跪拜礼（双膝跪地，口里喊着长辈的称呼，磕三个头）。接着，就由村里有辈分的人招待送亲的人，给他们敬酒。等他们吃好喝好之后，新郎就端一个盘子，里面放几块钱，去向新娘的弟妹或亲人索要陪嫁衣柜的钥匙。因为新娘的嫁妆都是锁在柜子里的，要取出嫁妆，必须要钥匙。这个时候，如果是新郎家招待不周，女方的弟妹往往就会为难新郎，让新郎知道招待得不好。这样，等婚礼结束后十天，新郎去拜访新娘家时，就会遭到岳父岳母大人的批评。不过这样的事情很少发生，一般都不会彼此为难。新郎拿了钥匙，送亲的队伍才开始吃饭，饭后就会被安排到新郎的邻居家休息。

等送亲的人走后，村里的年轻小伙就会拉着新郎闹洞房。关于闹洞房，一般是以新娘给村里年轻人点烟为主，然后小伙子说些调戏的话，有时也会让新郎和新娘做一些吃喜糖、捉迷藏等有趣搞笑的活动。不过，如果村里有小孩子开始换牙，便会叫新娘用舌头舔一下小孩的牙齿，据说这样可以让小孩的牙齿长得又白又整齐。记得六七就曾被狗子哥的媳妇舔过，过后我们都问他是什么味道，六七害羞地一笑说：“和我娘的唾沫一样。”我们都不相信，但谁也没有去尝试过，所以也无法争论这个话题。

有一次，我对水花说，以后我也要像狗子哥娶狗子嫂一样娶你。水花脸微微一红，对我说：“想得美，还没问我愿不愿意嫁给你呢。”水花到底愿不愿意嫁给我，其实当时我也说不准，这似乎是我童年时最大的疑问。

在猴山，婚娶出嫁仍然保持那一贯的风俗习惯，可是曾经的我们，也都渐渐淡出了村民们的记忆。远离了猴山，随着时间的流逝，一切都会被淡忘。

35. 傻根村长

在当下，傻根似乎是一个明星人物，无人不知，无人不晓。但在猴山村，傻根只是一个普普通通的老百姓，是猴山村曾经的村长，不过现在已魂归天堂，成了猴山人逝去的记忆。如今的每一个猴山人，都应该感谢傻根村长，因为他让一个贫穷落后的猴山，迅速地走上了发展致富之路。要是没有他，猴山或许会发展，但至少要晚个好几年，从猴山邻村的发展看，这种判断绝非浅薄之言，而是铁的事实。

傻根的名字里虽有个“傻”字，但是人却一点也不傻。猴山村人的姓名，听起来都俗不可耐，俗到极致就是雅，每一个俗气的名字后面，却都是一张张精神抖擞的面孔。有人说，名字可以决定命运。我一直表示怀疑，如果真是那样，恐怕这个世界上很多人的命运都可以改变了。

在猴山，虽然人们都迷信，但是给小孩子起名字却不大讲究，往往在名字里都加一个动物，只要不是狼就可以（人们一直忌讳名字里面有“狼”字），比如狗子、狗粪、三猫等。傻根村长的名字，据说是当时村长刚生下来时看起来比较傻，一岁多了都不怎么说话，也不爱笑，而且傻根的爹娘就他一个娃，也算是个宝，所以就叫傻根了。可自从取了“傻根”这个名，傻根似乎就不傻了，每当有人叫他时，他都会笑着走过去。当然，这些是我从猴山的老人那里听来的，真实性就无法判断了。

在我的记忆中，傻根村长是一个和善的人，一个善于沟通的人，也是一个通情达理的人，可惜他的热情曾被愚昧的猴山人所漠视，这是我一直不能理解的。傻根村长对猴山人的贡献可以归结为开路、拉电和打水窖三件事。

当时，我们猴山通往乡镇的路就是一条羊肠小道，不要说坐拖拉机了，就是骑自行车也难，一不小心就会掉进山沟里。傻根村长上任以后，开始动员村民集体去开路，但当时猴山很少有人愿意去干那些白吃苦的活。当时人们的想法主要是，有一条路走就可以了，开那么宽大的路也没有车走，没有那个必要。但傻根村长不这么认为，他相信猴山一旦有了路，自然会有车（当时主要是拖拉机）开进村。他接连动员了好几天，也只有几户人家愿意跟着他干，但他还是不气馁，带着几个村民就开始干了起来。头几天别的人都看热闹，但过了几天，有些村民也坐不住了，开始加入到挖山开路的队伍之中，原因是他们怕如果不行动，以后走那条路时也会被人指着脊梁骨臭骂。最后所有村民都干了起来，人多力量大，不到半年的时间，就打通了猴山村通往乡镇的路，这在当时来说，绝对算一个利民工程。傻根村长也因此受到了乡镇政府的表扬，唯独别村的人看热闹。开了一条拖拉机走的路，但是没有拖拉机开进猴山村，主要是当时经济条件差，一个乡镇也没有几台拖拉机车。但过了几年，情况就完全不一样了，猴山人的土豆全被拖拉机拉走了，卖东西再也不用挑着担去乡镇。这个时候，邻村的人才开始羡慕起来。就是因为有那条路，猴山村比周围几个村都先富裕起来，这正印证了那句话："要致富，先开路。"

拉电，让猴山人告别了点煤油灯的夜生活。说起拉电，那比开路更艰难。开路主要是动员大家一起干活，也不需要出钱，所以猴山人多少还可以接受。但要拉电，各家各户必须出钱，没有钱也就没办法把第二次工业革命的产物引到猴山村。拉电的艰难也许只有傻根村长一个人知道，但他还是坚持说服村民，然后去乡镇里争取，最终猴山村比邻村至少提前五年用上了照明电。当所有的猴山人用上照明灯的那一晚，整个村庄都沸腾了。拉电后过了不到三年，猴山村就有了第一台黑白电视机。猴山村人看上了电视，过上了城里人的生活，但周围的村庄仍然处于一片黑暗之中。在当时，这简直是猴山人的一大骄傲。因此，猴山人也成了乡镇里的先进村，猴山的光棍都一个个娶上了媳妇，并不是猴山的小伙儿长得好，主要是邻村的姑娘看上了猴山的发展。拉电改变了愚昧落后的猴山人，也让猴山村快马加鞭地走上了致富路。

打水窖是傻根村长为猴山村做的最后一件事，解决了猴山人吃水困难的问题。因为有了前两次成功的经验，村民也悟出了一些道理。相比开路和拉电而言，打水窖容易多了。傻根村长召集村民开了个会，然后从乡镇政府那里争取了一些扶贫救助。每家每户打一口水窖，水泥由政府提供，沙石由村民自己准备。虽然也有几个村民不愿意，但很多人都表现得比较积极。乡政府的水泥一到位，有些人家就开始叫车拉沙了。拉沙要去距猴山三十里外的川地，这也要归功于那条路，要是没有那条路，拖拉机根本就不可能开进猴山村，更不要说拉沙打水窖了。当时，一天有十多辆拖拉机在猴山进进出出，吵得猴山鸡犬不宁，但每个猴山人的脸上都露出了甜蜜的笑容。不到半年时间，猴山村家家户户门前都有了一个大水窖，院里也变成了水泥地板。天一下雨，把院子里的泥沙冲洗干净后，就把水引到水窖里。等天晴之后，在水窖里放些石灰，水里的灰尘就全部沉淀到水底，水变得清澈透明，甚至比泉水都干净。有了水窖，猴山人结束了凌晨三点抢水的生活。可在这时，傻根村长却因病离开了猴山村的人们。

傻根村长离世后，猴山村为他举行了隆重的葬礼，几乎每家每户的人都为他送行。那时候我还比较小，跟着村里人去送傻根村长，在棺材下葬的那一刻，所有猴山人的眼眶都一片潮湿，有些人痛哭了起来。我想，那或许就是对傻根村长最大的感激。

傻根村长的坟墓在猴山村的小山上，那个地方改名换姓叫“村长墓”了。如今，在猴山要是有人提起村长墓，大家都会把手指指向同一个方向，因为那里躺着曾经的老村长，那是猴山村的大功臣，人们怎么可能忘记呢？

有一年回家，我专程去了傻根村长的坟地，周围全是皑皑白雪，但村长的坟地上却长满了茂密的枯草。有了村民的惦念和感激，以及夏日里那些茂密的青草，我想傻根村长一定不会寂寞。

36. 放驴童年

驴，北方特有，主要用于农耕。

驴，形似马，毛发多为黑色或灰色；头大，且耳朵长，胸部稍窄，四肢瘦弱，躯干较短，因而体高和身长大体相等，呈正方型；体质健壮，抵抗能力很强。驴耐粗放，不易生病，并且性情温驯，听从使役，是北方农耕人家的主要“干将”。说它是干将，主要是驴一生都默默无闻地在田间耕作，遭主人鞭打斥骂是常有之事，却承担着农耕人家的主要体力活，比如耕田、拉车、驮物等。驴虽看起来没有骡马高大威武，也不善于长途奔跑，但力气却不小，一步一个脚印。驴的一生，可算鞠躬尽瘁，死而后已。

在猴山，驴是农耕人家必不可少的饲养动物，当时甚至流传着这样一句口头禅：“宁可不生孩子，但不能不养驴。”足见驴在猴山人心中的地位之重，丝毫不逊于一个孩子。当然，这也是驴一生默默无闻地辛勤耕耘和奉献所换来的器重。如今，猴山人虽然也走上了科技致富之路，驴开始退出了耕作，但猴山人对驴的尊重和爱护丝毫未变。有些人家甚至从来不用驴耕田，但也养一头驴，主要是为了听到驴那一声声叫喊，好让寂静的乡村多一点生机。

有些乡下孩子的童年，都是以放牛为乐。我的童年，虽然可以天天看到牛，但与牛没有太多的感情，大概也是因为没有真正放过牛的原因。我的童年时代，可以说是“驴背上的童年”。记得小时候，我常常骑在驴背上，和四水、狗子等打打闹闹，不亦乐乎。

记忆中，四水家的驴最乖，从来不四处乱跑，只要拴在苜蓿地里，一天到晚都不会跑，当然，这也是四水调教驯养的结果。四水常常吹一个哨子，他家的驴一听到哨声，也不吃草，就朝着四水乖乖地走来。四水跑过去骑在驴背上，然后就在田野上乱逛。当时，我觉得四水是最有本领的人，能把一头驴调教得那么乖顺，像小孩一样听话，这是我们其他几个小伙伴都不敢奢望的。每次和四水去放驴，往往是我们最快乐的时光，因为只要把驴赶到苜蓿地里，就什么都不用管了。我们可以直接去捉蝴蝶或飞鸟，直到傍晚时分，又到苜蓿地把驴一牵，高高兴兴地回家了。我们家的驴可没有四水家的那么听话，主要是贪吃，一到苜蓿地，就挑最嫩的苜蓿草吃，而且经常走动，我一旦离开，回来后就不见它的踪影了。

有一次，我也把驴赶到苜蓿地，直接和四水、狗子、六七等一起去菜地里捉蝴蝶了。玩了一个下午，等我们赶到苜蓿地时，四水家的驴站在原地吃草，可我家的驴却不见了踪影。这时，太阳已经落山了，我急得冒冷汗。随后，我们几个分头去找，找了好久都没有找到，还以为是被邻村的人偷走了。当时有些缺德的家伙，看到别人的驴，就偷偷地拉走卖掉，所以我们几个都吓得不敢回家。我们在苜蓿地里继续寻找，后来传来母亲的喊声，迫于无奈，我还是老老实实地回到了家。结果发现驴竟然自己跑回家了，害得我们在苜蓿地里瞎着急。所以，以后放驴，我就用一根缰绳把驴拴在树上，这样它想跑也跑不了。

最有意思的是和水花一起骑驴。水花虽然很喜欢骑驴，但她总怕从驴背上掉下来，所以每次骑驴都要我站在旁边扶着她。记得有一次，我扶着水花骑驴，在苜蓿地里走来走去，最后我干脆也骑在了驴背上，水花更加害怕了。突然她一声尖叫，驴被吓着了，向前一跑，我和水花都从驴背上掉了下来，幸好我先落地，水花压在我身上，也没有摔伤。等我爬起来，看到水花两眼泪汪汪的，忍不住笑了起来。水花看到我笑话她，扑哧一声也笑了，不过粉拳也朝我砸了过来，嘴里骂道："猴子哥，你坏蛋……"

可惜，现在回到故乡，几乎看不到驴的影子了。春耕夏种，都是现代化的耕种机冒着黑烟在农田上来回耕作。时代发展了，科技也成了猴山农业发展的主要动力，猴山也变得越来越现代化了。可看着那浓烟四起的田野，我心中却有些失落。我想，驴终于可以好好地休息了，再也不用走在田间劳苦了。驴，没有了利用价值，自然就会退出猴山这片土地。不知为什么，我还是渴望回到当初，农人们赶着驴耕田，累了，驴站在田间吃草休息，农夫站在田间吆喝几声，有时甚至唱几句山歌，那样的生活或许累点、苦点，但也并不是不好。在工业污染日益加剧的今天，那样的生活也许是一种幸福。不过，那种原始的耕作方式也许将永远不存在了，猴山的驴恐怕也将彻底地消失了。

2008年，那头陪伴我一起成长的驴突然离世。也许是病，也许是太老，它在一个寂静的夜晚与世长辞了。它的离世，让我有些悲痛，但更多的是安心。其实，它迟早会离开人世的，这是它的命运。它已经完成了使命，机械代替了它，它只能每日站在圈里静养，这对它来说恐怕也是一种折磨。在最需要它的时候，它挺身而出，为我们那个贫困的家劳碌奉献；在不需要它的时候，它默默地离世，它的一生就是这样悲壮。我想，它那样离世了也好，不会被送进宰杀场，也不会成为摆在餐桌上的美食。它在知道人们不需要它的时候，悄然离世，然后埋葬在我成长的那片黄土地上。它的一生，都默默无闻地守护着它生存、耕作的那片土地，它对土地的热爱恐怕超乎人的理解。

听闻家中驴悄然离世，我悲痛万分，作《驴生寂寞·祭驴文》一篇，也算是我对它最后的怀念。

公元两千零八年八月初十巳时，吾家所养一毛驴溘然长逝，默哀三分，以表哀恸，以辞作祭文。甚念！

塞北高原，胡风萧瑟。初秋大地，绿装素裹。山野农田，欣欣向荣。今晨，吾家之驴已驾鹤西去，余心之痛，久久未平。吾父愁，吾母泣，呜呼！哀哉，痛哉，呜呼！

吾家之驴，在世之日，劳其筋骨，困乏其体，为吾出力，不得歇息。今已仙逝，痛悼作文，辞谢忠恩。感天地之悲痛，与山川之长眠。

驴，北方之特有。性良，温驯，善耕，助农人之力。观表，既无马之剽悍，又无牛之雄浑，更无骡之俊美；其用，驾辕不如马，耕田不如牛，可谓牛马之间；处世，不赶奔骏马之前，亦不甘处耕牛之后，一脚一印，从不放弃。驴之一生，埋头苦干，不争功，不夸傲，清心寡欲，淡泊明志，不卑不亢，不骄不躁，不为名利所累，不为利欲熏心，鞠躬尽瘁，死而后已。问天下苍生，如驴者有几？

吾家之驴，自生以来，为农助耕，拉车驮物，无活不勤。春夏秋冬，东奔西跑，下田赶集，出力卖命，日出而作，日落而息，数年如一日。在世之年，日日勤劳，汗流浃背，皮鞭裹股，扛物奔走，唯命是从。食不过稻草，居不过四隅。夏有蚊虫叮咬，冬无棉被裹身，受苦受累，苦其终生。吾偶观之，老泪纵横，哽咽无声，泣无人知，痛无处诉，难哉！呜呼，今汝“解甲归田”，安度余生，吾心安也。

社会腾飞，科技发展，驱社会之前进，酿疾病之蔓延。吾驴不幸，遭其病毒，治无用，病无救，于心不忍，却无济于事。生之谦逊，死之静默，苍天有眼，菩萨有情，祈来世洪福，以补今世之卑微。

世事喧闹，驴生寂寞。今汝与世长辞，唤醒吾之良心，痛定思痛，坐卧不安，深感汝虽为畜牲，躬耕于山野，却深谙人性，甚通人情。汝辈不记前仇，甘为人类之奴役，其精神可嘉，实在让人类汗颜，自愧不如。望有量德之人，习汝之大善，安贫济穷，除暴安良，和睦相处，永不相欺。遂奋笔疾书，为汝类正善，以示后辈！

公元两千零八年八月十二申时祭

驴之情，非人所能理解也。我家之驴的离世，成了我永远的反思。这种反思，更多的是对驴的感恩之情。

我的童年，就是这样在记忆和反思，眼前一片模糊，心中一片迷茫。

37. 狼的传说

我是一匹来自北方的狼

走在无垠的旷野中

凄厉的北风吹过

漫漫的黄沙掠过

……

——《北方的狼》

在我的记忆中，狼只是一种传说。

小时候，常听猴山的老人讲关于狼的故事，可是我从来没有见过狼，所以只能幻想罢了。狼在我的童年并不陌生，但我却不知道狼长啥样。狼似乎就是一个梦，贯穿于我的童年。虽然没有见过狼，但我却有些怕狼，大概也是因为那些老人讲得太过逼真，以致让我从小就对狼产生了强烈的恐惧之心。

有人说，狼就像狗，不过比狗更狡猾，更善于奔跑。所以我常常对着我家的那条小黄狗发呆，我想象中的狼与它应该没有太大差别。对狗，我有一些怜爱，但提起狼，我常常有一种恐惧之余的仇恨之心。大概关于狼，很少有人提起它的好，大都是一些让人讨厌的恶习，就连书本里的词语，凡是有“狼”字的，基本上都是贬义词。任何一种动物都有它生活的习性，狼也许并不太坏，可是在人与狼的博弈中，人把狼定义为敌人，以致狼辈们背上千古罪名。人虽然是高级动物，但是其残忍性并不下于狼，这也是人的自私和短见所致。

关于狼的故事，大多是猴山村的一个长胡子老头讲的。他几年前已经去世了，但他的故事却一直藏在我的心中。在我的记忆中，他是一个能说会道、幽默风趣的老头，为人和善，喜欢和小孩子说笑话，所以我们都不怕他，闲着没事的时候就常听他给我们讲故事。很多故事都是他编造的，但有一个故事是他亲身经历的，他给我们讲了数十遍，所以我记忆深刻。

这个故事发生在 20 世纪“三年困难时期”。

当时，全村人都吃大锅饭，自家的锅都收缴了上去，说是要炼钢。可是后来大锅里饭没了，只剩下大锅汤，每天打些菜汤生活。不过几日，大锅里连汤也没了，猴山村人没饭吃也没汤喝，一天到晚都挨饿，年轻人走路都挺不直腰。就在这样的境况中，猴山发生了“狼吃人”的事件。

屋漏偏逢连阴雨，船迟又遭打头风。在面临饥饿的考验时，猴山来了一群“野兽”。狼来了，但是猴山人却无力对付。在极度的饥饿中，人走路都困难，更不要说去驱赶野狼了。猴山村有一户姓张的人家，由于家里离山林比较近，有一天夜里，小孩在院子里玩耍，结果从院门外扑进来一只狼，叼住小孩就逃窜到山林里了。小孩的父母一看，当场就晕过去了，连反抗的力气都没有。后来，在村民的帮助下，才把他们救活了，不过小孩的母亲从此也成了疯子。在饥饿和狼群的威胁下，猴山村人不得不躲在村里抗日战争时挖下的防空洞里，但即便这样，狼群也会时常守在防空洞门口。在极度的饥饿下，狼和人其实一样，都在寻找食物。可山林里连草木都被洗劫一空，狼为了生存，自然就会找上人。

据长胡子老头讲，当时他比较年轻，力气也大，自然就成了村里的打狼人。有一次，防空洞外面来了三只狼，一动不动地守在洞门口。狼比较狡猾，一般来说不会直接攻击人，而是守在人的面前，趁人不防备时就突然进攻，得逞之后迅速逃窜。就那样，狼看着人，人看着狼，整整相互守望了一天。到了晚上，他们点燃火把，才把狼赶走。由于狼守在防空洞门口，里面的人根本出不去，那一天夜里就饿死了三个人。防空洞里面是亲人们的哭声，防空洞外面是群狼的叫声，那种凄惨，让人听了都震惊。猴山就那样活活地饿死了十多个人，被狼吃了几个，整个村庄陷入一片血腥和凄惨当中。

在那个“非正常”时代，据说还发生过“人吃人”的现象。有一户人家，孩子得病死了，最后在极度的饥饿下，母亲竟然拿起孩子的胳膊就啃，直到忍住了饥饿，她才痛哭了起来。这些血腥的故事都是长胡子老头亲口讲给我们听的，年幼时我并不大理解，只是从心底里感到可怕，以及种种不解。现在想来，那样的景象依然让人感到震惊。在那个时代，在极度的饥饿中，母亲都开始吃孩子了，更何况是狼。狼吃人，也许并不是狼本身的错，只是狼求生的一种本能，和人吃猪、吃鸡、吃牛应该是一样的。

在我读小学时，一天早晨，由于凌晨天降大雨，山林里晨雾笼罩。在上学路上，我和二愣远远看到一只快速奔跑的“狗”，不过尾巴很长，地上的水都溅起了三尺多高的水花，看起来并不像狗。何况，当时狗都是家养的，也不会在山林里四处乱跑。后来我向村里人讲了，大家都一口认定那就是狼。一听是狼，我们都吓得不敢去上学了。不过，后来再也没有看到过那样的“狗”，所以也就慢慢地淡忘了。童年时对狼的恐惧也随之消减了。

上了大学，有一次听到一首曲子，非常优美动听。后来才知道，那是马修·连恩的《狼》。原来狼也会唱歌，只要你打开它们的心扉，便可以感受到它们跟人类一样有着丰富的情感。狼的每一声叫喊，都有一个让人震惊的故事。这首曲子把音乐与人性相结合，写成一曲狼群的动人史诗，在凄美悲壮的苏格兰乐风中，上演着一幕狼的音乐祭。据了解，马修·连恩率领的30位音乐工作者，以音乐与人性记录了人们在原野上大肆屠杀狼群的故事。1992年，加拿大育空地方政府施行了一项名为“驯鹿增量”的计划，以变相扑杀狼群的方式，让原本因人类过度猎捕而数量锐减的驯鹿迅速繁殖。这种起因于人却怪罪到狼的思考逻辑，引发了马修·连恩创作《狼》的动机。他耗时两年，以最直接的感情、最沉痛的呼吁，敲击着人们的心灵。

在《狼》的音乐声中，我没有一点恐惧，反而对狼多了一份怜悯。童年那些关于狼的故事，其实不过是个传说。狼虽可怕，但肯定没有人可怕。即便那么狡猾、凶狠的狼，最终还是倒在了人类制造的猎枪之下。我们也许更应该去理解和爱护那一只只濒临灭绝的狼。

38. 花棍队长

对于生长在黄土高原山旮旯里的孩子来说，一年中有多少个节日，可能是他们最关心的。过节，就意味着能吃好、喝好、穿好、玩好。因为在当时，这些土生土长的孩子们，平日里基本上都是过着饿一顿饱一顿、有裤子没鞋的穷困生活。也只有在逢年过节的时候，才能穿一件新衣服，吃一顿好饭，彻彻底底地玩一次。一年有很多节日，都是孩子们所期盼的，但从走进学校那天起，最快乐的日子莫过于“六一”儿童节。

年年都有“六一”儿童节，但并不是成长在哪里的孩子年年都有属于他们自己的节日。很多时候，“六一”儿童节都是在“学校放一天假”中度过，对于孩子们来说，放假是最没有意思的事情，所以那些放假的儿童节我基本上都没有太多记忆。只有学校开展庆祝“六一”儿童节活动的那年，我们才会欢欣鼓舞。遇上哪一年要举办“六一”儿童节庆祝活动，整个学校周围的村庄几乎都要沸腾了。很多村民不远数十里山路跑到学校观看节目，其实那不过是一次彩排，真正的“六一”儿童节庆典都是在乡镇上的中心小学举行的。全镇十多所小学都聚集在那里，然后统一举行表演，有将近上万人都会去观看，那场面可算是热火朝天，是我们生活的那个小山沟少有的。不过，那样的热闹场面，盼个三五年才能见一次。

记得我童年时一共参加过学校组织的两次“六一”儿童节活动，一次是一年级，一次是三年级。

一年级时，我们学校参加全镇小学生“六一”儿童节汇演，我和四水有幸被挑选成为学校花圈表演队的成员。这在当时也是值得骄傲的一件事，因为和我们天天在一起的二愣、六七就没有被挑中，我想这也与当时我们的学习成绩直接挂钩吧，只有好学生才有参与庆祝的可能，我们的小学就有这种不成文的规定，或者说歧视。当时，水花和山桃也都入选了红花表演队。

临近“六一”的时候，我们每天下午都在学校的操场上彩排。彩排时我们没有花圈，每个人的手上拿一个亲手制作的竹圈，跟着学校的老师走十字步。当时，我们表演用的花圈和红花，都是由自己家人亲手制作的。花圈是用竹子扎成一个圆圈，和我们当时玩的铁环一样大小，然后在周围粘上纸花，就成了一个简单的花圈。红花就是用纸扎成一朵花，然后下面吊一条红色的纱巾。

到了“六一”儿童节那天早晨，我们就拿着自己家制作的花圈和红花，一起高高兴兴地来到学校，随着学校的队伍，敲锣打鼓向乡镇的中心小学迈进。行进中，每路过一个村庄，都会有很多村民观看，我们就随着老师的哨声开始表演。从我们学校到中心小学，差不多有五六个村庄，我们就要表演五六次，等到镇上的中心小学时，基本上都懒得动了。

不过，到镇上一看，有成千上万人观看，我们也不得不表演。“六一”汇演，凡是参演的学生都承载着学校的声誉，要是被老师发现偷懒，回到学校估计就会成为重点批评对象。本来是我们自己的节日，但那时的“六一”汇演被赋予了太多的意义，有乡镇领导坐在舞台上观看，各学校为了赢得声誉，不惜牺牲孩子们的快乐。一个理应属于孩子的快乐儿童节，成千上万个花圈摇来摇去，搞得像一场庄严的葬礼。

记忆中的感觉很美好，但是细细想来，其实也很没有意思。之所以“六一”那天感到高兴，于我们来说并不是因为表演，而是借“六一”的幌子，可以向家里名正言顺地要求买一套新衣服和一双新鞋子。当时，和我一同参加表演的四水家比较穷，根本没有给他买新衣服和新鞋子。他穿的一件红色线衣，还是四水的妈从邻居家借来的；脚上穿着一双破白胶鞋，鞋面沾了很多黑色的斑点。为了不引起老师的注意，我和四水用白色的粉笔在鞋面上涂抹了好久。老师的半盒粉笔都被我们糟蹋了，最后还是被老师发现，不过也没有严厉惩罚我们，只是叫我们在山沟里给他抬了一周的水。反正我们平时也经常抬水，所以也不觉得那是一种惩罚。不过，水花和山桃都打扮得非常漂亮，每个人手里攥着两朵大红花，踏着十字步，一前一后，静中有动，动中有静，看起来很协调、很优雅。可是，在“六一”表演的当天，因为我们的队伍在前面，所以我就没有机会看她们一眼，现在想来也是一种遗憾。

小学三年级参加学校“六一”汇演，我已经长了两岁，所以成了学校花棍表演队的成员。花棍，就是在一个棍子上，用色料每隔十厘米染一种颜色，总共有五六种颜色，棍子的两头绑上彩色布条，要是只绑在一头，就很像现在的拖把。不过布条上还要吊些小铃铛，这样摇起来就能发出清脆的响声。花棍的表演比花圈稍难一些，一整套表演差不多有十几个动作，但脚下都是踏十字步，手里的动作却完全不一样，所以只有年纪大的学生才可以参加。我可能天生有舞枪弄棒的特长，所以别人需要学一周的花棍套路动作，我差不多一个下午就学会了，这让我在当时深受花棍表演队老师的赞赏。因为我全会了，他也就减少了麻烦，有我在前面带领别的学生表演，他们学起来更快，也更容易。

当时我在前面表演，后面有四五十个学生跟着我比划，那真比考试得了一百分还让我自豪。尤其当红花表演队的水花和山桃看了，一个劲儿地给我鼓掌，没有老师的时候，还会喊着“猴子哥”说几句夸赞我的话。

“六一”儿童节那天，我一个人在前面领队，周围虽然人山人海，但是我的花棍一舞动，所有的人都让开了路。花棍表演经常和别的学校一起举行，这样看起来更壮观，结果我太卖力了，另外一个学校的花棍领队和我一起表演时，我的花棍把他的打掉在地，当时很多观看的人喊着拍掌，为此我还赢得了一个绰号——花棍队长。当然，这个绰号更多的是一种赞扬，也是对我当时花棍表演的一种肯定。

对于“六一”儿童节最深的记忆，就一直停留在这两次表演中，除此之外，所有的记忆都是一片苍白。

39. 养蜂人家

唐代一位叫罗隐的人有《蜂》诗一首，颇为世人熟知。不过知道此诗者，却大多不了解罗隐其人。

不论平地与山尖，
无限风光尽被占。
采得百花成蜜后，
为谁辛苦为谁甜？

此诗虽写蜂，但读来意味深长。试想人生在世，何尝不是如此？不过，因读此诗，我想起了童年的那一幕幕。

在乡下孩子的成长中，大都对蜂（凡是蜜蜂，我们小时候都叫蜂）并不陌生，有些孩子不知道吃了多少蜂蜜，但是对蜂的感情似乎并没有那些文人墨客浓。当然，这也是因为很多小孩子或多或少地有过被蜂蛰的经历，所以即便吃了蜜蜂辛辛苦苦采的蜜，但还是对蜜蜂有一种天生的恐惧感，一看到蜜蜂靠近，往往都是采取赶尽杀绝的方式对待之。我小时候就有过被蜜蜂蛰的惨痛经历，所以当时一看到蜜蜂就深恶痛绝，恨不能灭掉世上所有的蜜蜂。直到有一次，村里的一位老人告诉我：蜂蛰了人就会死掉，如果人不招惹蜂，一般是不会被蛰的。从那以后，我残杀蜜蜂的行为开始有所收敛了，但那种恐惧所带来的反抗情绪似乎并未减少，大概也是害怕被蜜蜂蛰了之后那种难以忍受的疼痛吧。

我也并不是天生就与蜜蜂为敌、对抗到底的，之所以这样，是因为有一次在三娃家养的蜂窝前玩要，我的左脸蛋不小心被蛰了一下，不过几分钟，整个脸就肿胀得像一个刚出锅的大馒头，嘴巴都发生了位移。肉体上的疼痛也不是特别难受，反正我知道忍几天浮肿就会慢慢散去。可是，第二天去上学，老师看到我的嘴巴移位、脸面变形，竟然冷嘲热讽地取笑我，还以我捉蜂为由罚我站了一节课，这才是我最不能忍受的。所以，从那以后，我就无端端地恨起蜜蜂来，凡是发现蜜蜂靠近我，如果不主动飞走，在我的身旁逗留，大都没有活命。当然，只要蜜蜂不靠近我，不对我造成一定的威胁，我还是不会去故意招惹它们的。我想，这并不是因为我特别讨厌蜜蜂，而是怕蜜蜂蛰我，所以我就采取“先下手为强”的御敌战术。这就好比有人怕狗，也是因为有被狗咬的经历。“一朝被蛇咬，十年怕井绳”，很多时候，都是心理在作怪，因为恐惧导致的反抗情绪，这在小孩的成长中最为明显。即便我对蜜蜂没有太多好感，但在我的童年中，蜜蜂仍无处不在，因为我们就生活在养蜂人家，怎能避免蜜蜂呢？

在我的记忆中，猴山大多数人家都养过蜂，有些人家只有几窝，有些人家达三十四窝，完全可以开一个小蜂厂。不过在当时，养蜂并不是为了赚钱，何况家家都养蜂，也卖不了几个钱，养蜂似乎是一种时髦，就好比有一段时间家家都养狗、养猫一样。我可能上辈子就是一个猎人，所以对动物的兴趣不大，凡是看到活生生的动物满大街跑，就会产生一种厌恶情绪。不过，看到动物园里面的猴子、大象和老虎，我还是蛮喜欢的，但仅仅只是喜欢，也从来不会去招惹。和动物保持一定的距离，在我童年的时候已成为一种基本常识。这种距离，让我也开始喜欢一些动物了，不过它们不是天上飞的，就是水里游的，在陆地上和人类一样生活的，我似乎并不怎么喜欢。也可能是我喜欢那种自己所不能拥有的生活、行走方式吧，这与动物本身并没有多大的关系。按理说，我应该是喜欢蜜蜂的，但是因为它伤害过我，所以我就不怎么喜欢了。

在“王八蛋组合”中，和蜜蜂有深仇大恨的，除了我，还有二愣、三娃、六七和山桃。因为我们几个都被蜜蜂蛰过，所以就开始讨厌起蜜蜂来了。不过，狗子、四水和水花从未被蜜蜂蛰过，所以对蜜蜂多少也有些喜爱之情，这是我一直不能理解的。不过，现在我似乎有些能理解了，却不知他们是否依旧喜欢蜜蜂。狗子和水花我不敢确定，但四水我敢保证，他一定喜欢蜜蜂。从他出生到离世的那一天，他一直都喜欢蜜蜂。

在童年的记忆中，我干过一件至今想起都感到惭愧的事，就是和二愣、六七一起去焚烧黄蜂。

有一次，六七在野外挖甘草的时候，在一个苜蓿地里发现了一窝黄蜂，于是把这事偷偷告诉我和二愣。我们去调查了一下周围的地势，发现的确有很多黄蜂进进出出，于是就萌生了残杀它们的念头。

在猴山有这样一个说法："三伏的长虫，秋里的黄蜂。"（长虫是指蛇，当地人的叫法）意思是说三伏天的蛇最厉害，秋天的黄蜂最毒辣，轻易是不能去碰的，要是不小心被三伏天的蛇和秋天的黄蜂咬了，那可是致命的。话是这么说，但我也从未看到有人被咬过，所以也不怎么怕。

在一个夏日的黄昏，我和二愣找来两堆麦草，堆在黄蜂窝前面，点燃后，跑到一百多米外的地方观战。大火燃起来时，我们听见阵阵噼里啪啦的响声，好像是锅子里炒豆子发出的声音。大概过了有十多分钟，等火熄灭之后，我们走进一看，火堆周围都是些黄蜂的尸体，不过还是有黄蜂进进出出，于是我们又往窝里浇了半桶水，这下子黄蜂的老巢算是被彻底毁掉了。又过了两日，我们拿着铁锹去捣毁黄蜂窝。当我们挖出来时，发现黄蜂的老巢已经面目全非了，只剩下黄蜂的尸体，那真叫一个悲惨。此后，在书本上读到"白骨露于野，千里无鸡鸣"时，我就会想起当时黄蜂被残杀之后的场面。

当时，可能是因为对蜜蜂有仇，所以看到黄蜂也厌恶至极，并没有觉得自己的残忍。其实，它们并没有招惹我们，我们却去焚烧、摧毁它们的"家"，这似乎是一种极不人道的做法。当时年幼，并没有认识到自己这种行为的卑劣，可年深日久，我渐渐懂事了，就觉得那似乎是一种不可饶恕的犯罪。

现如今，每次走进那些养蜂人家，看着他们对蜜蜂百般呵护的情景，我的内心里就会莫名其妙地生出一丝惭愧来。我想，如果蜂和人一样平等，残杀那么多的蜜蜂，也算是犯下了滔天大罪，所以，从懵懂的童年开始，我们这些并不懂事的小孩，就已经是一个个罪人了。

对蜜蜂的怀念，更多的是一种忏悔和反思。渐渐地，我也从这种复杂的情绪中悟出一点做人的道理来——人这一生，很多时候其实都需要在这种忏悔中不尴不尬地生活。

40. 酸刺林记

俗话说："靠山吃山，靠水吃水。"猴山村靠了一座山，算是猴山人的祖先选对了地方，可是猴山偏偏就在黄土高原的山旮旯里，靠了山，却没有水。吃水成为猴山人的一大困难，这差不多也是从祖上遗传下来的问题。不过，即便吃水困难，猴山靠着一座不大不小的小山林，也还是获得了不少好处。

猴山的小山林里长满了酸刺，那是一种耐旱的灌木，长得没人高，枝叶粗糙，七扭八歪的，树皮缀满裂缝和苔斑，枝头上长着又尖又长的刺。这样一种不起眼的树木，自然没有人去砍伐。人们懒得去理它，连牛羊也不吃它的叶片。但是，酸刺林却给猴山带来不少的好处。

在我小时候，猴山人还没有生态保护的意识，想吃肉就进山，想修房就进山，基本上靠山过日子。在猴山的小山林里，一年四季都有可取的东西，只要是勤快人，每天在林子里逛，多少也会有些意外收获。

北方过冬都靠火炕取暖，但火炕也要靠烧柴火才能供暖。猴山的山林里，秋天过后，到处是落叶，差不多有半尺厚，所以每逢冬天来临时，大清早就能看到好多猴山人在山林里忙着扫落叶，那也是我童年记忆中最深刻的一道风景。

我们小孩子，在周末或假日里也随同大人一同去山林里扫落叶，在酸刺林里乱逛，有时会把脸皮刮破，但我们还是乐此不疲。酸刺上长满连串的酸棘果，吃起来有些酸，但非常受我们小孩子的喜欢。每逢去酸刺林，我们几个小孩都会采摘一些酸棘果，然后躲在酸刺林中大口大口地吃，就像是孙悟空偷吃蟠桃一样。后来，有人发现了酸棘果的营养价值，竟然做成了一种叫

“沙棘汁”的饮料，当时在我们那里也算是最便宜的饮料了，我们叫“甜酒”，其实那根本就不是酒，只是饮料而已，只不过当时我们平日里喝不到，只有在人家摆酒席的时候才能喝上半盅，所以就误以为那是酒。在我们浅薄的认识中，只有酒才可以在席上喝。很多年后，说起沙棘汁，我依然习惯地把它当成甜酒。

有一年在广州流浪，碰巧遇见一个老乡，说是到广州推销饮料的，结果他说来说去，原来推销的就是沙棘汁。在猴山已经销声匿迹的沙棘汁，竟然在广州的街头又重现了，而且被冠以营养保健的高端饮料，让我激动的同时，却有一点点悲叹。听老乡说，在广州那种一瓶成本只有五毛钱不到的沙棘汁，竟然可以卖到四五块钱，这里面真有说不清的缘由。也许，还是那句话说得好：物以稀为贵。不过，猴山的土产品能够走进大城市，的确让我感到欣慰。至于猴山人的思想是否走出了黄土地的那个山旮旯，我却一直无法作答。

在酸刺林中，除了吃酸棘果，还可以打野鸡、打野兔。当时，因为山林没有遭受到严重的破坏，里面有很多野兔，猴山人在农闲的时候就会进山林打兔子。当然，赤手空拳是打不到兔子的，只有靠猎枪。那个时候，很多猴山人家里还有猎枪，基本上都是自制的，安全当然是没有多大保障。即便那样，猴山的年轻人还是有一种冒险精神，制作一支没有安全保障的枪，冬日里跑到山林里打野兔，有些枪法好的人一天可以打好几只。

猴山人有“一兔三鸡”的说法，就是说一只兔子的肉和三只鸡的肉一样多。我和狗子、四水等当然没有本领拿枪去打野鸡、打野兔，所以就偷偷地去捡便宜。因为很多野鸡被枪打中之后，并不会马上掉下来，而是会挣扎着飞一段距离才落地。那些打猎的虽然能准确打中猎物，但往往并不一定就能找到猎物，因为我们常常会提前下手，在猎人未发现猎物之前，我们早就偷偷地捡走了。当然，埋伏起来捡便宜也是非常冒险的事情，因为一不小心就会被猎人当野兔打了。说起这个事，现在想起来都有些后怕。

一次，我和四水埋伏在山林里捡便宜，结果却差点儿被邻村的一个猎人当兔子打死了。当时，我们两个低着头埋伏在一个树坑里，那个猎人看到我们面前的酸刺树摇动，四水又戴了一个灰白帽子，所以那人以为是只野兔，便直接开枪了。幸好我们两个躲藏的位置比较低，也没有抬头，子弹在我们身旁飞驰而过。等那个人走近一看，才发现是我们两个小屁孩。当时，我们身上全是子弹打在地上扬起来的尘土，那种猎枪里装的不是真正的子弹，而是一把铁砂，那要是被打中，基本上就没有活命的可能。那人以为打中了我们，吓得当场蹲在我们面前，我们两个也吓傻了，土头土脑地爬起来看着他。一时间，我们三个人都没有说话，四水的鼻涕流了出来，由于沾了很多尘土，我看了一下竟然笑了起来。后来，那个人得知我们俩趴在那里是为了捡便宜，也并没有指责我们，还把他打的野鸡分给了我们一只，我们两个提着一只野鸡高高兴兴地回家了。为了能够换得一只野鸡，那种危险我们当时似乎并不在乎。但从此，那个人就再也没有打猎了，也许他觉得那样太冒险了。多年后，我想起时也会觉得有些可怕，但那毕竟是过去的过去了，转瞬也就忘了。

从那以后，我们似乎很少去酸刺林了，所以记忆有些模糊。后来，在西部大开发中，酸刺林渐渐消失了，换成了一排排的白杨和杏树。

酸刺林虽消失了，但童年的那些故事却在记忆中日渐加深。

41. 糖纸烟盒

小时候，我就有收集的爱好。当时在乡下也没有可收集的，想集邮不可能，因为很少有人家收到信，于是我们就开始收集糖纸、烟盒。也可以说，我们灰色的童年时代，基本上是伴着收集糖纸、烟盒度过的。

说起糖纸，倒也不是很难收集。当时，糖虽然是稀少珍贵的东西，只有家境较好的人家的孩子有糖吃，但走在路上却也能常常看到糖纸，所以收集起来也不算太难，只要走路时留心点，多少也是会有些收获的。

在我们几个小伙伴中，就我有收集糖纸的爱好，其余的都只喜欢吃糖而不喜欢糖纸。正因如此，他们也时常帮我收集。给我收集一定数量的糖纸，我有什么好东西也会最优先考虑到他们。我们之间有一个约定，他们给我50张糖纸，就可以换一颗糖。起先，二愣也同意，他不到一天就给了我六七十张糖纸，换走了一颗半糖。可最后，他也没有什么糖纸了，才觉得我的规定有些过分，于是便和我讨价还价，最后我们一致决定35张糖纸换一颗糖。即便这样，二愣也要几十天才能换一颗糖。正是因为我的这种收集策划，不到一年，我的一个纸箱里就装满了各式各样的糖纸。每次无聊的时候，我就会打开那个纸箱，整理一下自己收集的糖纸，感觉很满足、很幸福。看着那些花花绿绿的糖纸，比吃糖时的心情畅快多了。我想，那恐怕也是一种心理的满足吧。当一个小孩子的兴趣大于享受时，大概也不吝啬于那几颗糖。吃一两颗糖，至多也就是嘴上甜半天，但一旦看到那些糖纸，我的心里就甜滋滋的。这也是狗子、二愣他们所不能理解的，在他们看来，用一颗糖换取几十张没有用的糖纸很是不值，可于我来说那是最大的实惠。所以，从那个时候起，我们虽然每天玩在一起，甚至分秒不离，但是内心都打着自己的小算盘。为了收集糖纸，能够忍住糖的诱惑，这也算是我童年成长中一点小小的满足和自豪。

除了收集糖纸，我还喜欢收集香烟盒。当时的烟盒并不像现在的烟盒制作得那么精美，也不是硬纸制作的，都是一些软纸，收集来用水润湿之后拆开，放在一块砖头下面压平，就可以夹在书里面，保证不会被折叠和丢失。相比较而言，收集烟盒比收集糖纸困难多了，主要是当时受经济条件的限制，一般人是抽不起买的香烟的。农村人大多都喜欢用烟锅抽旱烟，虽然那是很致命的，夸张一点，吃一口旱烟足可以让人少活一分钟，但是并没有人太在意。那些老人总是像“铁齿铜牙”纪晓岚那样拿一个长长的烟锅，一有闲就会抽起来。商铺里出售最多的烟好像是大前门、凤凰、凤壶、325 等，在当时一包烟好像都不用一块钱。这些烟都是没有带烟嘴的，但比起旱烟来，已经文明多了。

在当时，我记忆最深刻的是凤凰和 325 香烟。抽凤凰香烟的一般都是那个时代的时髦青年，因为一点燃凤凰烟，就会闻到一股很浓的香味。凡是抽了那个烟的人，无论在哪里，人们都会闻得到，所以像我们这些刚刚偷学抽烟的小孩是轻易不敢去抽的。有些青年一抽凤凰烟，就显得神采飞扬，那似乎也是一种富裕的代表，在女孩子面前说话也乐呵呵的。

当时，被男青年的凤凰香烟迷惑的女孩也不在少数，因为那种香味的确很好闻，一般人是很难抵制住的。我们小孩偷偷学抽烟时，经常买 325 香烟抽，因为 325 香烟三角钱一包，相对来说比较便宜，而且这种烟据有人说还可以化痰，抽一口烟感觉嗓子里凉凉的。我身边很多孩子的烟瘾基本上都是从偷抽 325 香烟开始的。不过，我这人可能没有抽烟的天赋，每次抽一口就会呛，所以偷抽了好久都没有学会，加之当时老师和学校都抓得紧，为了做一个合格的好学生，后来我就干脆放弃了。不过，二愣虽然有些傻，但抽烟绝对是一个行家，几乎没怎么学就学会了，而且后来竟有了烟瘾。我虽然没有学会抽烟，却十分喜欢收集烟盒，所以会抽烟的二愣就成了我收集的主攻对象。

二愣这小子比较笨，学习上总是挨打受骂，但对一些经济账绝对是一个精明的主儿。我叫他给我积攒烟盒，可他却对我提议，收集 50 个烟盒换一包烟，当时一颗糖的价钱也就是一分钱，但是一包烟至少也要三毛钱，也就是说我要用 30 多颗糖去换 50 个烟盒，这成本似乎有些大。不过，要收集 50 个烟盒，也绝非容易之事，二愣花了两个月的时间才收集了 30 个。不过，他知道我喜欢烟盒，所以经常给我送来，加起来总有一百多个吧，反正到最后我死皮赖脸地抵消了，当然也是变着法地吓唬他才奏效的。对于这件事，二愣一直耿耿于怀。有一年回家我们一起喝酒吃饭，席间二愣还提起我欠他两盒 325 香烟。为了和二愣彻底清账，我给他买了两盒中华牌香烟，他才笑嘻嘻地同意彻底销账了。

我上了初中，就很少有时间看我的那一纸箱“宝贝”了。那些糖纸和烟盒，堆放在我家的粮仓里，隔了好久我都没有去查看。有一次打开时发现里面的糖纸和烟盒全被老鼠“浩劫”一空，纸箱里装满了老鼠的屎尿，我一气之下就干脆用火烧了。我童年就那么点喜好，结果被老鼠给毁掉了，后来我再也不收集烟盒和糖纸了。

每个人在童年时都有自己特殊的喜好，可这种喜好往往伴随着成长渐渐地变成了逝去的记忆，成为一种莫大的遗憾。此后多年，我也有过多种爱好，但都没能坚持下来，也许和童年时第一次喜好破灭有关。童年的一点一滴，都是深入人内心深处的，轻易是不能破碎的，因为一旦破碎，往往就再也无法修复了。我想，记忆亦如此。

42. 一把木剑

说起童年的玩具，每个小孩子可能都有得一说。

在我们的童年，所有的玩具都是自己制造的，这也许是和现如今的孩子最大的区别。那个时代，吃喝都成问题，自然也没有闲钱去买玩具，至多也就是买一个气球玩玩。不过那东西太不牢靠，像我们这群家伙，拿在手里不到几分钟就会变成废品。我们没有钱买玩具，却对玩具有着某种难以抵抗的热衷，所以只有自己制作玩具了。

说起制作玩具，无非就是做一个弹弓、木枪、火柴盒汽车等之类的东西，即便是这样的玩具，也并非所有的孩子都会做。所以在制作玩具的时候，我和四水就充分展现了我们的动手能力，这是狗子、二愣无法比拟的。

我认为四水是我们“王八蛋组合”中最聪明的一个，这也许和他的家庭条件有关。俗话说：“穷人的孩子早当家。”四水生在一个比我们更贫苦的农村家庭，从小就挨饿受冻，吃了不少的苦，这也是我们所不能理解的，所以他比我们其中的任何一个都聪明。他会做很多可爱的玩具，让我们对他很敬佩。在孩子的世界观中，贫富并不是人和人的差距，而是谁会做更多的玩具，谁就能赢得我们大家的一致认可。

当时，二愣基本上不会做玩具，但这家伙生在一个相对比较富裕的家庭，从来不缺吃不愁穿，于是就常常拿一些好吃的东西换四水做的火柴盒汽车。在我的记忆中，四水是从来不和我们计较的，他总是显得那么乖顺，二愣说怎么就怎么，也不会像我一样讨价还价。二愣虽然有些愚笨，家庭条件较好，但心肠也不错。四水给他做了弹弓、火柴盒汽车后，他也会给四水很多好吃的，常常把他们家的糖偷出来分给我们大家吃。我一直想，四水要是能够读大学，一定可以做一个发明家，他从小表现出来的那种与众不同的聪慧和动手能力，是我身边的任何童年伙伴都无法企及的。

在我的记忆中，四水做的火柴盒小汽车最漂亮。五个火柴盒，下面三个，上面两个，然后用胶水粘起来，在外面糊一层花纸，就成了一个小汽车的大体构架。这些简单的制作程序我们基本上都能完成，可剩余的几个程序我们大都做不好。汽车是需要有轮子的，四水便找来那些装药的塑料橡皮瓶盖当作汽车的小轮子，然后找一个竹筒，截成和火柴盒一样长，粘在火柴盒的下面，把两个橡皮瓶盖用一根稍细的竹子在竹筒两边固定好，这样等胶水牢固后就可以了。在火柴盒的前面牵一根细线，拉着自制的小汽车在别的孩子面前炫耀，绝对是一种荣耀。

我经常看到四水帮我们制作火柴盒小汽车，但从来没有看到他像二愣一样傻乎乎地拉着自制的小汽车炫耀。后来，我才发现，他把自制小汽车换来的糖和蛋糕等留给了躺在病床上的娘。在我们每天都吃喝玩乐的时候，四水其实就已经学会了生活，直到很多年后，我才明白这个道理。

童年的我，似乎就是一个另类。我们会做的玩具，基本上都和“杀人放火”有关，不是制作一些木刀、木剑，就是制作打火机之类的东西。当时，我制作的木剑最漂亮，很多孩子都很喜欢，连猴山村最有名的麻子木匠都夸我的木剑做得好。其实，做一把木剑，也并不需要很难的工序，不过就是选一根木质较好的木板，然后拿一把锋利的刀，不断地削来削去就可以了。制作木剑，需要的是耐心，不能太着急，不然就会用刀削坏了。要是太过用力，削掉一大块木头，那就功亏一篑了。

我一般要花两三天的时间才能做出一把漂亮的木剑，然后把木剑插在腰间，像古代的大侠一样行侠仗义。我们一起做游戏时，二愣常常成了我剑下的傀儡。四水不怎么喜欢玩火柴盒汽车，我做的木剑他却十分喜欢。他常常也会在腰间插一把我做的木剑，像一个古代的侠客，显得豪情万丈，那个状态下的四水笑得最灿烂、玩得最开心。

数年后，我又回到故乡，做了一把小木剑，放在四水的坟前。在我的印象中，四水就是一个佩戴木剑的小英雄，他最美的笑容都留在了我们的童年。

童年的玩具，现在都成了回忆。如今，在我童年成长的那片土地上的孩子们，他们的童年没有自制玩具，他们和城里的孩子一样，花钱买来各种更加好玩的玩具，每天乐此不疲。他们也懒得动手了，也缺乏那种自我创造的能力了，不知算不算一种遗憾。

我的童年，除了玩玩具，还有制作玩具的经历，这是一种特别且难以抹去的印记。

43. 猴山洋芋

说起土豆，也许很多人并不陌生，往往会脱口而出，它的学名不就叫马铃薯吗？甚至有人还会和“土豆网”联系起来，这样一来，自然就更不陌生了。不就是一个土豆吗，也没有什么大惊小怪的。土豆，人们对它并不陌生。但提起“洋芋”二字，就未必有人知道了。

在猴山，村民们惯把土豆叫洋芋。洋芋是猴山的土特产，田里田外都种洋芋，每逢收获的季节，漫山遍野的洋芋袋，是秋季里猴山一道独特的风景。这道风景，在我的童年记忆中尤为深刻，甚至有那么一点点留恋。并不是我留恋那些长得“丑陋”的洋芋，而是我怀念那些野外烧洋芋的童年时光。那时的我们，可以随意地点一堆火，把刚从地下挖出来的几个洋芋放在火堆里一埋，完全可以调剂我们乏味和单调的童年生活。

猴山人是吃着洋芋长大的，这一点不用质疑，因为猴山的每一户人家饭桌上都离不开洋芋，有煮洋芋、烧洋芋、洋芋菜，等等，即便是吃面，有些人家也喜欢加一些洋芋，说是为了面更好吃，但对我而言并不如此。说心里话，小时候我比较讨厌吃洋芋，尤其不习惯在面条里加洋芋，美味与否尚且不说，总感觉很别扭。小时候，我常常被称为“爱挑食”的孩子，猴山人说“口细”。在猴山人的传统观念里，爱挑食、口细的孩子，一般都有好的前景，至少不会一辈子窝在猴山的山旮旯里，迟早是要走出猴山的。其实，这是没有一点根据的传闻，不过凡是被这样说的孩子，家长都是比较喜欢的。能够走出猴山的那座山，就意味着可以去更大更远的地方，就可以过上一种猴山人憧憬的幸福生活。可当我真正走出猴山的那座山时，才发现事实并非如此。外面的花花世界的确很好看，也很好玩，但毕竟不是我生命的乐园。

很多年后，我一直在流浪，从一个城市到另一个城市，从一个家到另一个家，常有居无定所、无家可归的悲怆之感。猴山人一辈子所期盼的幸福，如今看来也并不是什么幸福，反而是一种折磨，一种放荡不羁的落拓和无奈。当然，这都是些后话了。其实，我并非天生爱挑食，只是不太习惯天天吃洋芋，可当时的境况是，除了洋芋也没有什么好吃的，家里的白面也是定量的，只有家里来客人时才可以吃上一顿白面条，我们那里叫“长面”。面条里掺杂洋芋的饭，我们一般叫杂面，当然面条也不是白面做的，大都是荞麦面、糜子面、玉米面等一些秋粮粉磨后做成的，所以吃起来总感觉口里涩涩的，很不舒服。但很多年后，我竟然在城里看到很多人都贪恋吃秋粮，感觉怪怪的。我从小就吃腻的东西，怎么现在都摆在城里大商场的柜台上了呢？而且价格不低，这恐怕是猴山人做梦都不敢想象的。现在很多城里人都喜欢吃秋粮，而乡下人却天天大鱼大肉，时代在进步，可城乡之间的生活怎么就颠倒了呢？当然，也不是所有的洋芋我都讨厌吃，比如说烧洋芋我就比较喜欢吃。说起烧洋芋，我脑海中就会浮现出童年的那些糗事。

在那个年代，我们这些屁大的小孩，好事做得确实不算多，但是坏事那可是天天都在做。一次，我和狗子、四水、山桃、水花几个去猴山小树林玩，本来也没有干坏事的念想，可狗子的坏主意最多，看到二愣家的洋芋地，就突发奇想，建议我们在野外垒个锅灶烧洋芋。他的建议刚一出口，马上得到了我们的一致响应。不一会儿，我们就在一块荒地的墙角垒了一个土火炉，然后找了些干柴，狗子去挖了二愣家的十多个洋芋，放在火炉里就开始烤了起来。山桃和水花只是站在旁边观看，等待着分享我们的烧洋芋。烟熏火燎地忙活了大半天，才闻到洋芋的香味，我们捡烧熟的洋芋给她们一个，然后我们三个继续烧。四水看着她们吃洋芋，口水都流下来了。当时，我总觉得四水一直处于饥饿状态之中，他也从来不挑食，碰见食物就都往肚子里填，相比之下，我似乎有些“娇生惯养”。

就在她们俩吃得津津有味，我们三人看得口水直流的时候，远处传来了村里王大爷的叫骂声。他见我们几个玩火，怕把整个小树林都烧了，所以就站在山的那一头叫骂。我们几个并不怕，但也不想叫家人知道，所以就赶快清理现场。此时，刚放上去的干柴燃烧得正旺，一看没什么辙了，狗子一着急，急忙脱了裤子撒尿。当然，这也是我们一贯的灭火法，只是在山桃和水花面前没有做过而已。折腾了一会儿，终于把火扑灭了，我们才匆匆离开现场，并决定把偷挖二愣家洋芋的事保密起来。后来二愣还是知道了，不过他一点也不抱怨，还说要偷多少就偷多少。所以，我们一直骂二愣是个“败家子”。

在回来的路上，山桃很好奇地问我：“猴子哥，狗子撒尿的时候，怎么和我们不一样，而且他怎么有那个呢?”当时我也不知道是为什么，只是看到水花的脸红了。虽然当时我可能比山桃稍微成熟一点，但也弄不清楚为什么不同。所以，这成了我们童年时闹出的一个大笑话。

时隔多年后，我们大多都忘记了那些童年糗事，但谁要是提起来，所有的往事都如放电影一样重现在脑海中，想起来是那么温馨，让人感慨万千。在二愣的家里，狗子无意间提起了这个笑话，我们立即拨通了山桃的电话。电话那边的山桃声音有些变了，但当二愣搞笑地问山桃，她弄清楚为什么狗子和她有区别没有时，电话里传来一阵爽朗忘情的笑声，然后就是一句“你们太坏了”。电话这边的我们，似乎又回到那天真烂漫的童年时代。

洋芋童年，是一个童真、欢快又有些恶搞的时代，如今都变成了尘封的故事。透过那些记忆，远去的依然是那一去不回的时光，这也是我们无法改变的现实。

44. 夜半闹鬼

在猴山有这样一个传言：人不怕死，但就怕被人冤死。在猴山祖辈的意识里，人可以为非作歹，甚至能容忍一个人去杀人放火，却不能干冤枉好人的事。如今看来，这似乎是一个悖论，却烙在猴山人心中。所以，猴山人朴实、善良的性格背后，还有一种较真儿的个性特点：凡事追求真实，即便自己吃亏受累，也不会凭空去冤枉一个好人。

当然，几十年前的猴山人并非如此，正因为有人冤死了许多好人，以致发生闹鬼的风波，所以猴山人才再也不敢去凭空捏造一些“莫须有”的事情，大概也是怕酿成祸端，殃及自身。所以，一个人要成长起来，不经历一些磨难和坎坷是很难的。猴山人经历一场又一场的“夜半闹鬼”事件之后，都开始反省，渐渐地“成长”了起来。

“夜半闹鬼”的故事，究竟是真是假，很多人有些怀疑，只是到后来，经过一些人添油加醋的戏说，一件原本简单的事情复杂和扩大化了，很多人宁可信其有，也不愿说半个“不”字。对鬼神的害怕和敬重，也许是中国老百姓共有的心态。在猴山有许多赫赫有名的人物，可以算得上上不怕天下不怕地的主儿，却从不和鬼神作斗争。猴山的山神庙里永远香火不断，一片繁荣。因为，山神是一个村庄的守护神，要是得罪了山神，那妖魔鬼怪就会在村子里闲逛，在每家每户游走，想起来都叫人害怕。半夜三更，突然听见门外有人喊叫，可是打开门却什么都没有，而是一阵凉飕飕的冷风，谁能不怕呢？不怕是因为没有遇到，凡是遇到过的人，都说很可怕。当然，很多闹鬼的故事只是一个传说，猴山人并未真正遇到过鬼。在猴山，有一户人家偏偏遭受妖魔鬼怪的缠身，最后导致家破人亡，空留一座庭院、四个孤冢，这就是闹鬼的悲剧。

据说这件事发生在“文革”期间，细算起来也是有些年日了。在当时，这户人家也算得上富贵人家，一家有四口人，两老两小，夫妻二人有两个聪明能干的孩子。丈夫当时是猴山的生产队队长，多少也能克扣一点苛捐杂税，所以一家四口人过得有滋有味。可在那个年代，很多人经常过着吃了上顿没下顿的贫困生活，所以才生出一件悲事来。

当时，这户人家的邻居是一个光棍，经常靠偷鸡摸狗过日子，所以村里很多人家丢了东西，他都是第一个被怀疑的对象。有一次，这户人家丢了半袋玉米面，这在那个年代可算得上是救命粮，于是第一个怀疑对象就是这个光棍邻居。这户人家的主人是生产队队长，在当时的猴山那也算得上一手遮天的主儿，于是直接去光棍邻居家里逼供。那个光棍虽说是一个鸡鸣狗盗之徒，但也是一个认死理的人，没偷就是没偷，坚持不认栽赃的罪名。生产队队长一气之下，就找来几个彪形大汉把光棍邻居绑了起来严刑拷打，可那个光棍邻居最终还是没有承认，甚至发下毒誓：要是我没有偷，就死你全家。无论生产队队长怎么拷打，他还是死不承认。在万般无奈之下，生产队队长只有放了光棍邻居。可经过一番毒打，光棍邻居已经命悬一线了，何况那个时候也是饥寒交迫，所以没过几天他就撒手人寰了。光棍邻居虽说并不是生产队队长直接打死的，但他的死多多少少也是生产队队长的误会造成的，所以猴山人都在背后对他指指点点，有些人甚至开始诅咒他。过了大半年，生产队队长才知道他家的半袋玉米面原来是他妻子的一个远房亲戚偷走的。等真相大白时，一切都为时已晚。

也许是做了对不起人的事，生产队队长心里一直忐忑不安。自从那个光棍邻居死后，这家人就再也没有平静过。每晚夜半三更，他们都时常听到哭声，直至鸡叫三遍后才消失，据说周围的邻居也有人听见了。不出一年，这家的二儿子掉到悬崖下摔死了，紧接着就是大儿子病死了，老婆喝毒药死了，他自己也在三个亲人死后上吊自杀了。这一家四口人，就这样在不到两年时间里全变成了孤魂野鬼，说起来那真叫一个悲惨。听老人说，当时整个村庄都沉浸在一种死亡的氛围中，比当年的大饥荒时代更可怕。村里人经过商议，最终找来一群喇嘛，在整个村庄进行了驱鬼仪式，此后才逐渐恢复了正常。年深日久，人们也都淡忘了那些事。很大程度上，这不应该是鬼的原因，而是人心在作怪，通过驱鬼活动，村民的心理得到了安抚，所以鬼也就没有了。

这次闹鬼事件，让猴山人长了一个记性，那就是再也不敢无缘无故地去冤枉好人了。要是谁家丢了东西，就会先告知大家，让大家帮忙找，也不会动不动就胡乱诅咒他人，邻里的关系也逐渐缓和起来。凡是遇到失物事件，总是商量着解决，这算是一种良好的人际协调机制，从来也不需要他人去干预。悲剧留给人们的教训，有时候比制度更可靠。

我们小时候，大多是听村里的老人讲一些稀奇古怪的闹鬼事件，往往也像听童话故事一样，只是成为童年的一种记忆，并没有对妖魔鬼怪产生多大的恐惧。至多也就是在做游戏时用来吓唬一些女孩子，这样可以多少体现一下我们男子汉天不怕地不怕的英雄气概。所以，这些闹鬼的故事成了我们童年成长中的一些趣味游戏。等到我们不怎么喜欢玩那些幼稚的游戏了，对妖魔鬼怪的记忆也就淡忘了许多。

45. 古墓情事

猴山没有什么名胜古迹，除了几座山，就是一片林，开发利用的价值也不大，加之大山里连正常的生活用水都无法满足，也就成了制约经济发展的瓶颈。翻过猴山的几座山，虽说有被称为“羲皇故里”的成纪古城，但这似乎与猴山也没有多大的关系。

史载，成纪古城是中国第一大姓——李氏的发祥地。成纪李氏的苗裔在历史上有皇帝 25 人、宰相 29 人、大将军 52 人、王公侯 510 多人，有较大影响的文学家、诗人、画家、音乐家 20 多位，太守、刺史、知府、进士、举人等不胜枚举。成纪李氏苗裔被正史立传者有 600 多人，就连唐代的伟大诗人李白，据说祖籍也是在成纪，就凭这一点，猴山人也理应自豪一番。

猴山地处离成纪古城不过二十里的地方，理应是文化气氛浓厚且有一定的历史渊源，何况在历史上也出了不少大名人，飞将军李广的祖籍离猴山也不过百里路，这也足够夸耀一下了。可淳朴厚道的猴山人对这些历史也都鲜有耳闻，山里人以过好自己的生活为根本，谁也不会去过问那些难以考据的历史。猴山似乎只是黄土高原上一个孤独的存在，并没有因为有悠久的历史而感到与众不同，也没有因为现实的困境而满目疮痍。它的存在成了一个独特的代表，这里的人世世代代过着一种近于隐居的大山生活，实属远离尘世的遁世佳处。唯独猴山周遭的那一座座古墓，似乎是猴山历史遗留的另一种风景。

在猴山的周围，大大小小的古墓差不多有三四十座，至于是什么年代的古墓，很少人问津。反正都是些空墓穴，要考察也没有什么价值。它们只是从侧面反映出，猴山在某个历史朝代中曾繁华一时。至于是哪个朝代，也没有人能够说出个一二来。据说在我们父辈小的时候，周围的坟墓大多还保存完好，可不知道在什么时候，猴山人忙着搞农业生产发家致富了，周围的一座座古墓却遭到了前所未有的毁灭性破坏。一些盗墓者大概终日守在猴山村的周围，等到夜深人静的时候，就开始他们发家致富的行动了。在当时的猴山人看来，那些古墓是没有任何利用价值的，而且建在那里有些碍眼，一块地本来可以很顺畅地农耕，但偏偏中间有一个古墓，耕作起来很不方便。在当时联产承包到户时，每户人家都是抓阄分地，很多人最怕抓到墓地了。可老实厚道的猴山人压根儿就没有想到，古墓下面埋藏着的一些瓶瓶罐罐的文物，那可是价值连城。在猴山人的潜意识里，人的坟墓里至多就是一个木制的棺材，也没有什么稀奇古怪的东西。正因如此，猴山周围的墓群被盗墓贼盗了，猴山人还拍手称好，甚至还感谢那些盗墓贼，因为那些被盗过的墓，稍微经过修理就可以种田了。所以，在猴山，有些古墓的小土堆上长满了谷子、糜子之类的农作物，也就不是什么稀奇古怪的事。

直到后来，猴山人终于开窍了，也认识到古墓下面可能埋藏着珍贵的文物，有些被盗走的文物的价值能把猴山整个村庄变个样都没有一点问题，但这时已为时过晚，周围的古墓都成了一座座空穴，里面除了一些破碎的砖瓦和烧焦的木炭，什么都没有了。不过，猴山人也没有觉得遗憾，即便是当时挖出来一个瓶瓶罐罐，大概也没有人会知道那是珍贵文物，不是拿来腌菜就是给小孩子当尿盆了，所以也不会发现它的价值。可在一些空墓穴里，经常发生一些让大家嗤之以鼻的事，这甚至比一座古墓被盗更让村民引以为乐。

那些古墓群，里面十分宽敞，修建得十分牢固，经历了数百年的风吹雨打以及人为破坏，都没有被彻底摧毁。要是遭遇刮风下雨，在墓穴里避一下绝对是好主意。有些农户为了图方便，甚至把耕作用的犁、镢头、铁锹等农具都放在墓穴里，一座座古墓成了农户们的农具储藏所。当然，在这些墓穴里，也时常碰见一些让人尴尬的事，那就是有些青年男女躲在里面“驴打滚”（当地的通俗叫法，就是偷情）。

有句话说："妻不如妾，妾不如偷，偷不如偷不着。"偷情，也许是人本性的体现，无论是在城市还是农村，都广泛存在。我们小时候，经常做一些恶作剧，那就是专门去古墓穴里捉奸。

记得有一次，我和狗子、二愣三人跑去山林里玩。那天正逢赶集日，人很多，我们看到一对青年男女走进了墓穴，所以就偷偷地跟了过去。等我们靠近墓穴时，听见女的在"唱歌"，但也不知里面到底发生了什么事情。当时虽然不太明白男女之事，但也听说了不少稀奇古怪的荒唐事，所以我们就偷偷地躲在一个入口看。结果，二愣忍不住笑出了声。那个男的听见笑声，立马回过头，看到我们三个小孩的脑袋，于是就开始咒骂，但并没有起身追赶我们。我们三个还继续笑骂他，这时他动怒了，准备起身穿好衣服追打我们。我们三个一看情况不妙，就立马掉头跑。二愣有些胖，所以跑不快，边跑边喊着要我们等等他。那个男的出了墓穴，看到我们已经跑了很远，就没有再继续追赶，只是站在那里骂骂咧咧。等我们跑到小树林，确保他不可能追到我们时，才和那个男的对骂起来，直至那对男女逃离我们的视线，我们才罢休。每逢赶集日，在古墓里常遇到男女偷情，后来我们慢慢懂事了，也不会故意去挑衅，所以也有些见怪不怪了。这个记忆片段虽然很短，但对我们成长的影响却很大，我们的性启蒙大概也源于那个时候。现在，想起那些在古墓里偷情的男女，的确算是一件新鲜事。

在猴山，一座座古墓渐渐地消失了，但我们的记忆并没有因此而被彻底淡忘。在我们一代人的成长中，它是永远挥之不去的时代符号，这种符号让我们明白了猴山的历史曾是那么辉煌、那么悠久。

46. 攻城游戏

童年的我们，可以说是在游戏中长大的。对于游戏的记忆，就如懵懂少年对美丽少女一见钟情的痴恋，年岁虽长，记忆犹新。没有游戏的童年是灰色的童年，犹如一部无声的黑白电影，虽能看到自己过去的身影，却听不到一点声音，沉寂在那些一去不返的伤痕里。有了游戏的童年，就如雨后的晴空中偶现一道彩虹，点缀着童年那些缤纷的记忆。

我们猴山人自古就过着“靠山吃山，无论贫富，一辈子生死不离猴山”的穷困生活，祖祖辈辈都扎根在黄土高原山旮旯里那片鲜有的茂密小山林中，过着一种远离喧嚣、近乎于遁世绝俗的大山生活。我们这些从小在大山里长大的孩子，除了每日跟着大人们爬山过沟外，最迷恋的莫过于做一些有趣的童年游戏了。

童真的我们生活在那个隐逸之村，天地似乎就独我们所有，即便是一个原本乏味无趣且毫无任何技术含量的游戏，也足以让我们整日乐此不疲。也许，在那个无邪的年代，我们就已经知道创造快乐了。游戏，就是我们童年时创造快乐的一个过程，或者说一种挥之不去的记忆。

小时候，我就是一个外表开朗活泼、内心却忧郁凝重的孩子，对很多游戏没有太大的兴趣，所以也没和伙伴们玩过多少有意思的游戏。更多的时候，我常常一个人跑到猴山的山巅上，望着山的那一边，一个人默默地坐上一整天，却丝毫不感到寂寞。当然，有时也会对着山的那一边狂吼几声，那种感觉就如同百兽之王的老虎发出的吼啸，感觉整个山林都属于我自己，天地间回荡着的永远是一个孩子对大山的挚爱以及叛逆的呐喊。挚爱，是因为有座山可以任我自由地欢畅和游逛，我可以寻觅山林里野兔子的足迹，即使最终只找到一只死老鼠，算不上一种收获，但依然感到快乐；叛逆，大概是因为我一直想飞到山的那一边，想一探山的那一边的真实。我总认为，山的那一边会更精彩，充满无限诱惑，以致我常常一个人守望着一座又一座远山。到山的那一边，似乎就是我童年奋斗的梦想。可我深知，山的那一边，于我也只有守望的份儿，更多的时候，我还是需要在游戏中找寻快乐，和同伴一起做那些属于我们那个年代特有的游戏。游戏中的我们，是可以忘记忧郁的，在这种忘记中不知不觉地长大。直到有一天，我开始回忆童年以及童年玩的那些游戏时，才恍然发觉，原来童年已离我很远很远了。

童年的游戏，现如今想来，很多都变成了记忆的碎片，残缺不全。很多游戏似乎也有一定的游戏规则，但能想起游戏的名字，却忘了规则，所以对童年游戏的记忆是我成长中的一大缺憾。这种缺憾就如同看着昔日毕业留影中那些熟悉的面孔，却发现自己竟然叫不出他们的名字来。很多逝去的记忆在脑海中就是一个影子，但我常常忘记了那个影子的实体。对于童年游戏的记忆，大都如此。唯独提起一个叫“攻城”的游戏，所有的记忆都会瞬间复苏，我似乎又回到了那童真的年代。

二愣家门前有两棵大槐树，就是我们玩攻城游戏时双方的大本营。那两棵大槐树，据村里人讲大概有几十年了，比我们父辈的年龄还要大，我和四水手牵手才能勉强围抱住。它们相距大概有十多米，由于枝叶繁茂，树枝好像两只手紧紧地牵在一起，遮起一大片绿荫。现在想来，那两棵树更像是一对情侣。

每逢夏日酷暑季节，猴山的村民都会聚集在大树下闲聊、下棋、打牌，不亦乐乎，我们小孩子也常常待在大槐树下玩个一整天。二愣从他老爸那里得知并向我们透露了一个小道消息，那两棵大槐树都是他爸准备为爷爷奶奶做棺材的寿木，所以我们小孩子把一棵大槐树称为“爷爷树”，另一棵称为“奶奶树”。想起来有些搞笑，当时我们围着两棵大槐树玩攻城游戏时，不是暗示二愣的爷爷和奶奶打架吗？不过，二愣的爷爷奶奶在世时，我们从未看到他们吵过架，至于在阴间是否打架，那也只能去问阎王爷了。

所谓的攻城游戏，就是我们几个小孩按数量分成两组，每组各以一棵大槐树作为大本营。双方都会派人去“攻城”，如果在对方守护的人未抓住之前先碰到对方的树，去攻城的那一个就算是安全了。如果一组所有的人都跑到对方的那棵大槐树下，就算攻城胜利。这个游戏虽然很简单，但需要参与游戏的孩子机灵、善于跑动，要不然跑过去肯定会被对方的人活捉。而且一般玩的时间比较久，有时候玩上大半天双方都没能够取胜，就算是和局。要是哪一组人输了，我们往往会要求他们集体骂自己或学鸭子走路。骂自己，虽然难听，但身体可以免于惩罚；学鸭子走路，如果真的走下来，估计一条腿都酸了，至少也要痛苦个大半天。所以，攻城游戏也是一个考验体力和智力的好游戏。

每逢玩游戏时，为了均衡彼此的对抗力量，我们常常要为分组而争吵一番，因为二愣到了哪一组，哪一组获胜的概率就小之又小了。我一般和四水、水花分在一组，狗子、三娃和山桃在一组，二愣和六七往往是通过抓阄才能最终决定去哪一组的。六七虽然长得弱小，但比较机灵，跑起来也比较快，所以我们每一组都抢着要。但二愣这家伙就是一个小胖子，我派水花都能轻松地搞定他，所以他常成为第一个被俘虏的人，游戏开始不久他就退出了游戏，蹲在一旁当观众的时间比参加游戏的时间还多。对此，二愣一直耿耿于怀，甚至有几次还再三狡辩，所以才可以在我们的“免死”协议下继续游戏。因为这样，山桃一直叫他“二赖皮”。二愣对此也不计较，只要能够玩游戏，别人叫他什么都无所谓，足见二愣对游戏的一片热情。

直到有一天，二愣的奶奶突然得病去世了，他家门前的那棵“奶奶树”就被砍掉了，剩下那棵孤零零的“爷爷树”长在那里，看起来也怪别扭的。后来，我们玩游戏的时候再也不去二愣家门前的大槐树下了，狗子又选了个地方，但是不怎么好玩，所以攻城游戏也就渐渐地淡出了我童年的记忆。

许多年后，我再一次回到故乡，二愣家门前的另一棵大槐树也不见了，我想二愣爷爷也找他奶奶去了吧。不过，在他家门前，我看到一个三四岁的小女孩玩得很开心，看到我时，笑得像一朵雨后的花儿一样，后来才知那是二愣的女儿。那一刻，我顿时感慨万千：新生是对死亡最好的怀念。那两棵大槐树和攻城游戏虽然淡出了我们童年的记忆，但是会有更多天真可爱的孩子——我们的下一代——继续着他们丰富多彩的童年游戏，这不也很好吗？

如今，我一个人流浪在他乡，想起那些童年往事，用一首之前写的《望山远》来表达这种既浓又淡的情感，或许更为亲切些：

山岗枯草落雪霜，云过游子头。日日翘盼是中秋，路遥数万丈。

风飞过，雁无影，寂寞望山楼。欲将惆怅换思乡，处处是秋凉。

47. 剪报小记

我的整个童年，玩耍占去了大半好时光，这是事实，但也并不是什么事都没有做。在玩乐中，也做了那么一两件有意义的事情，直至今天我才发现它的价值。其中一件就是剪报。

童年时代是一个人一生中最重要的时刻，一个人性格的塑造和培养、爱好喜乐、志向追求，大都是在童年中后期完成的。后来，虽说知识和阅历的增长多多少少也会改变某些性格特征，但更多的性格特征都是在童年时期塑造的。重视一个孩子的童年教育和成长，也是为他的未来所做的必不可少的准备。谁忽视了孩子的童年，谁就断送了孩子的未来。我想在这点上，现如今很多家长都有比较清晰明确的态度和认知。

我在童年一共干过三件有意义的事情：一是练字，二是学武，三是剪报。

练字，让我懂得了写字犹如做人，切不可过于急躁。当时，三九寒天拿着一支自制的毛笔在冰冷的水泥地板上练字，也是对意志和毅力的考验。这种考验，在许多年之后看来实在太重要了，它让我一辈子受益，虽然我并没有写好字。我想，练字并非单单是为了写好字，而且还是培养一种性格，这比练字本身似乎更重要。

关于学武，也没有学来多少东西，但的的确确锻炼了我的体魄，同时也让我有了一种韧性，善于灵活处理问题。一个真正的武林高手，是不会一个劲儿地练习硬功的，软硬结合才能达到武术的最高境界。刚柔并济，一张一弛，方能把武术的威力发挥到极致，做人亦是如此。不过这些体会，需要我在今后的生活中去慢慢地体悟。

除了练字、学武，剩下一件最有意义的事情就是剪报。剪报并没有什么难的，只要有一把剪刀，人人都可以做得到，但要坚持下去，也非易事。

我开始学剪报，大概是在十岁左右。那时候只是觉得好玩，看到报纸上有好看的人物头像或风景图，我就会立马剪下来夹在自己的一个日记本里。我认为那是童年的一种财富，也是我在二愣、三娃面前炫耀的一大资本。起初，我也不喜欢剪报，只是看到水花经常拿着一个小剪刀，看到报纸上喜欢的图案就会剪下来，然后夹在她的一个可爱的笔记本里。后来我也学着水花悄悄地剪报了，直到有一天，水花发现我剪的报纸比她的还多，看到她脸上那种惊讶的表情，我的内心受到了极大的鼓舞，就这样一直坚持剪了下去。再后来，我们就经常定期进行剪报比赛，甚至还会相互交换剪报成果。

有一次，为了换水花剪的一张漂亮图片，我竟然用了五张辛苦收集来的图片。要是别的，水花都会免费赠送给我，但唯独她收集的报纸图片是不会送给任何人的。她的这种习惯，也深深地影响了我。我后来收集的报纸图片，也是不会轻易赠送给任何人的，这个习惯我至今未变。在剪报方面，水花给了我莫大的鼓励，直至今天我才知道这种习惯给我储备知识带来的诸多好处。

在我的童年成长中，我一直把水花放在心中最重要也最安全的那个位置，不让任何人去靠近她。当初剪报，只是小孩子之间为了攀比而进行的一种有趣的游戏比赛，但后来习惯了，就变成了一种爱好和兴趣。在报纸上发现自己喜欢的东西就剪下来，有空就会去阅读学习，是一种心灵的丰收。开始剪报，只是看到好看的图片才剪下来，后来却不怎么喜欢图片了，剪下来的都是一些有趣的故事，或一篇精美的文章，或某一个知识点。随着成长，兴趣在变，剪报的侧重点也在变，这种变化也许就是一个人的成长体现。如今剪报，我也学会了取舍，大概也是因为有很多报纸的缘故吧。小时候要找一张报纸比现在找一张百元钞票都难，所以感觉报纸上很多东西都是新鲜的、有趣的，至少也是我曾不知道的。但现在却发现很多报纸上有80%以上的文章都是无病呻吟的，或者说只是一种短时性的消息报道，消遣一下就没有任何收藏的价值了，何况现在很多报纸的大幅版面都被广告侵占了，写文章的越来越少，好文章自然就更少了。有时候，我拿着一把剪刀，翻来覆去地阅读报纸，最后却发现没有一个小版块的文章是自己所感兴趣的，所以常有一种“无从下剪”的无奈。有一段时间，我甚至都不爱去阅读报纸了，更不用说去剪报了。

剪报，让我懂得了生活的趣味。在如今的社会上，要说以实力论输赢，那我就是一个无可争辩的失败者，甚至有可能会沦为街头的乞丐，终日靠“乞讨”才能勉强维持生计。即便我没有某种特别的技能，能力也属中等偏下，但我有一个良好的习惯，就是善于收集知识，把自己喜欢的、感兴趣的知识如同剪报一样收集在日记本上，经过整理消化，最终变成了我混饭吃的一种本领。“笨鸟先飞”的故事世人大概并不陌生，可很多人从不愿承认自己是那只笨鸟，所以总是想一步登天，以致丧失了很多可以和其他鸟一样的基本生活能力。为了追求更快更好的飞行，却忽视了训练基本的能力，这无疑是一种自我糟蹋。那些我童年收集的剪报纸片，现在也可以说是我的一笔财富，至于它的价值有多大，我自己也很难说清楚。可那些剪报的记忆，一直停留在我的感叹和记忆中。

水花还在继续剪报吗？我不知道。我希望她也一直坚持，即便是这种看起来毫无意义的兴趣爱好，但要真正数十年如一日地去坚持，也并非那么简单，那么轻而易举。有些东西，看起来并没有什么价值可言，但我们还是要坚持，比如自尊、正义、善良等。从我的童年开始，我就一直坚持剪报，现在想起来，这也是一件值得欣慰的事。

48. 浆水面记

在猴山，有一道独具地域特色的美食，那就是浆水面。

提起面食，黄土高原上的兰州拉面享誉海内外，深受广大人民的喜爱，成了面食的一大代表。走遍全国各地，随处都可见兰州拉面馆。兰州拉面以“一清、二白、三红、四绿”而被人们津津乐道。据有关业内人士调查，兰州拉面的连锁经营店和肯德基、麦当劳不相上下，是全世界人民最喜欢吃的面食之一。当然，这只是从数量上来论证。兰州拉面固然很好吃，但是正宗的兰州拉面倒是不多，所以外地的很多兰州拉面馆外面都挂上“正宗”二字，实在有些可笑，这不是暗示有很多兰州拉面不正宗吗？究竟哪一家正宗，其实也很难分辨。相比兰州拉面的名气，黄土高原上的另一道美食——浆水面就显得逊色了很多。

浆水面，似乎永远上不了大雅之堂，却深受老百姓的喜爱，尤其是深受黄土高原山旮旯里猴山老百姓的喜爱。在夏日的酷暑里，猴山村几乎每一家人都在吃浆水面，百吃不厌。很多异地客为了一顿浆水面，不远千里闻讯而来。可浆水面即便如此美味可口，却没有走出黄土高原，只是在那些山旮旯里广为流传。爱吃浆水面的大多是普通老百姓，自然就不像兰州拉面那样驰名中外。可在民间，浆水面算得上一道美食，很多走出黄土地的孩子们，往往都有挥之不去的“浆水面情结”。大概也是因为如我一样，小时候吃了太多的浆水面，就如同吃了很多娘奶一样，这种发自内心的恩情铭刻于心，任何东西都无法替代。

猴山的浆水面，有别于黄土高原其他地区的浆水面，主要是因为猴山人都是靠山吃山，浆水面里的很多原料都是取自大山，这是其他很多地方无法办到的。而且猴山人吃浆水面，也算是一道家常面，并没有那么多的讲究。一道浆水面，猴山人可能有三四十种做法，家家户户都不一样，也没有什么正宗不正宗的，只要好吃就行。相比兰州拉面的既定风格，猴山的浆水面似乎没有任何制作上的约束，老百姓想怎么做就怎么做，只要面里掺和了浆水，就叫浆水面。猴山的浆水面，从来就没有什么正宗不正宗之分，在这点上兰州拉面似乎显得有些乱七八糟。说来说去不过就是一种面，出了名，却招来世人如此恶搞，实在让人感叹。至于哪一种兰州拉面更正宗，似乎还没有一个定论，即便是兰州拉面的创始人，也许也很难说清楚。何况他早已魂归西天了，就更加难说了。

猴山的浆水面，制作相对来说比较简单。原料就是白面，当然有些人家也会用玉米面或荞麦面。我们小时候很多人家是吃不起白面的，自然就用玉米面等秋粮面充当了。浆水面之所以叫浆水面，并不在于它的面，而是它的汤。吃面喝汤，汤才是面的魂。浆水面如果没了浆水做汤，那就不叫浆水面了。

浆水的制作工序很简单，一般选用鲜嫩的苦苣、苜蓿、荠荠菜等野酵引子，盛在瓷罐内盖好，三天后即成浆水。然后根据酸味浓度和食用者的要求，酌情加清水兑合、烧沸，再配以葱花、韭菜、香菜等为佐料。做好的浆水面，红油浮面，酸辣可口，色味俱佳。面条种类不拘，擀、压、拉均可，关键在于浆水沤制的好坏。在猴山，还有一些人独具匠心，把浆水直接作为一种饮料，在夏季代替茶喝。原因是浆水中含有乳酸菌，可以帮助消化，清肠利尿，有益于身体健康。当然，这样的人要肠胃很好，否则很难适应。

据后来有人研究，浆水有清热解暑、治疗疾病之功效，可单独作饮料。在炎热的暑夏，喝上一碗浆水，会使人感到清凉爽快，又能解除疲劳、恢复体力。常食用浆水还能治一些疾病，有高血压的患者经常吃些芹菜浆水，能起到降低和稳定血压的作用。不过，这些功效到底怎样也不得而知。

在我的童年，浆水面只是一种面，可以让我们吃饱长壮。因为还算比较美味，尤其在夏天更可口，所以我们特别喜欢。山桃的妈妈做的浆水面最好吃，我们几个小孩子吃过几次，都念念不忘。主要是他妈妈做的浆水面里有很多韭菜和油花，让人一看就胃口大开。在小孩子的眼中，好看的东西才会更好吃，这是一种视觉误导。

很多年后，我对山桃妈妈做的浆水面依然念念不忘。有一次要求二愣的媳妇照我的记忆重新做了一碗浆水面，但无论放在眼前还是吃在口里，总是没有童年时候的那种味道。按理说，现在乡下人的日子都好了起来，无论从原料选择还是面品的制作上，应该说都比当年要进步很多，但就是吃不出童年时的味道来。我想，这更多的是一种心理原因吧。童年时的记忆是最好的，童年时的浆水面是最美味的，也许我今生再也尝不到那种味道了，正如我们无法重回童年的美好时代一样，过去的就变成了一种永恒。

猴山的浆水面，是我记忆中最美味的，即便走遍五湖四海，吃遍山珍海味，也还是无法吃出浆水面的味道来。与其说是怀念童年时的浆水面，不如说是重温因浆水面而产生的深厚情结。有了这种浓厚的浆水面情结，任何美食都无法比拟。今后，这恐怕将变成一种永恒的乡愁。

49. 故乡的山

那一道道山路，时时萦绕在我的梦中，让我想起来总是百般感叹。每次回家，我都是环绕着那些崎岖的山路和稀疏的丛林，才能走到故乡的村头，才能听到熟悉的乡音，那似乎是一种久违的童年呼喊，让我猛然惊醒：原来我到了故乡。

后来，故乡的路几经整修，越来越宽了，越来越平坦了，可我回家的脚步依然是那么沉重，心与故乡的距离似乎越来越远了，甚至在梦中都难以看清它的模样了。

时间远去，记忆犹存。每次走近故乡，我都会心生一阵感叹，难道这就是我梦牵魂绕的故乡吗？看着那些陌生小孩的面孔，我怀疑自己走错了方向，但望着那些熟悉的山，我又确定已回到了故乡。脚下的黄土，依然是那种我再熟悉不过的气息；天上的白云，依然如我童年时看到的那样悠闲自在。故乡的原貌变了，可故乡的山未变，留在我记忆中的故乡，就剩下那些熟悉的小山了。

曾经的童年伙伴，现如今都成了几个孩子的父亲；曾经心爱的姑娘，现如今不是已为人母就是漂泊在他乡。故乡的一切都变了！我们彼此的怀念，大概就剩下那些稀疏的记忆和熟悉的小山了。对，在猴山，除了那些小山，还有什么更值得我怀念呢？那一座座的山，一直藏在我的记忆中，藏在我逝去的童年里。

在我们都还是懵懂孩童的时候，都曾有一个愿望：山的那一边到底有多美，我们希望能够走过去看一看。可若干年后，我们走出了大山，心中都有了答案，但是谁都不愿意说出来。山的那一边，终归是别处的风景，是别人童年中最美的印记，留在我们记忆中的，还是脚下的黄土，还是猴山那些没有名字的小山。

此后多年，我也到访过无数的名山大川，几乎都有一个响当当的名字，成了当地人一种骄傲和炫耀的资本。可是猴山大大小小的山，或者说都有一个共同的名字——猴山，或者说根本就没有名字。当我走出猴山的那些山，远走天涯，才渐渐地明白：在我的心里，猴山就是我永恒的故乡。一个人可以选择过另一种生活，却无法选择自己的故乡。所谓故乡，就是生我养我的地方，它承载着太多的恩情，是我们一辈子也无法偿还的。那些没有故乡或遗忘自己故乡的人，就如同一个失去爹娘的孩子，是多么可怜、多么无助。

故乡，不应是我们去索取的地方，而应是去怀抱、去用心温暖的地方。从离开它的那一天，我们就应该去努力回报它。每一次，站在千里之外的山巅上回望故乡，我都热泪盈眶。并不是我多愁善感，也并非我如此矫情，而是当一个人在外流浪多年时，回故乡的脚步是那么沉重和艰难，可思念故乡的心情却又是那么强烈和持久。在这种复杂的情愫中，唯有让泪水畅快淋漓地流下来，才多少可以释放心中积压多年的乡愁。我认为一个远离故乡却没有乡愁的人，已经不算是一个纯粹的、真实的人。我想问那些童年的伙伴：你们是这样的人吗？在我的心里，我希望他们永远不是；或许他们是这样的人，我也不愿意去相信。

故乡的山，一直是那个模样，这是每次回到故乡最让我感到欣慰的。即便山上那些记忆中的花花草草都不见了，都变成了整片整片的果树林，甚至会有很多的乡亲一天到晚在果树林里忙个不停，但山的原貌未变，一直是我记忆中的模样。每当看到那一座座熟悉的小山，我就知道回到了故乡。我甚至有些惧怕，许多年后再回到故乡时，那些相依相偎的小山都不见了，我害怕就连回家的路都找不到了，那才是一种莫大的伤感。我希望故乡变得更美好、更富裕，但永远不希望我的故乡变得连我自己都不认识了。可是，一个离开故乡的人，又怎能阻止它的变化呢？离开故乡时，我还是一个稚嫩的少年，许多乡亲见到我时都会亲切地喊我的乳名。可现在我重回故乡，那些曾经熟悉的面孔，现如今都变得有些陌生了。我突然发现自己熟悉的故乡竟然有无数陌生的娃娃脸，他们嬉闹着、追逐着，看到我这个陌生人，要么好奇地望着我，要么毫无反应。我甚至希望有人能够亲切地喊上一声我的乳名，那该是多么欣慰！可惜连这样的声音，我都很难听见了。我的耳旁是那肆虐的西北风，吹在我的身上，心里一片冰冷。

再回故乡，那一座又一座山上，已经听不到狗子、四水、水花等童年伙伴的喊叫声了。我的面前，是一群陌生的孩子，穿着牛仔裤，唱着流行歌，为他们的童年欢呼、蹦跳、歌唱。看到二愣布满沧桑的脸，我有一种说不出的滋味，一句“现在还好吗”就可以表达我们多年的友情吗？曾经整天嘻嘻哈哈、闹个不停的二愣，现在似乎变得有些拘谨了起来，没有了当年那种傻乎乎的模样，谈话中时不时透露出一个庄稼汉的精明和老道，这也是我所不曾想到的。我突然觉得和他之间有了一堵墙，我们彼此的世界不同了。可和我一样远在异乡的山桃、水花，她们呢？是不是也变得让我有些不认识了呢？她们都还好吗？还有四水，他呢？我希望他在天堂里一切都好。

回忆，有时就是一种莫大的痛苦，很多时候我更愿意去遗忘。

每次看到故乡的山，内心都会产生一种强烈的亲近感，这种感觉就好像一个曾被遗弃的孩子找到了自己的母亲一样，纵有千言万语，却常无言可诉。一个人站在既熟悉又陌生的黄土地上，让西北风吹走我心中的失落，化作永恒的思念，埋藏在我亲爱的故乡吧。

如果可以，来世我愿做一棵白杨，守在故乡的山头。

50. 记忆之痛

在我的童年，除了对美好往事的记忆，还有一种至今仍让我无法接受的伤痛，我一直在回避，但心里却清楚地知道：我必须去面对那一个残忍的现实——四水的突然离世。

四水是我童年时最好的伙伴，从他的身上我看到了一个孩子的单纯、真实、善良、孝敬和聪慧，但也许正是因为他拥有太多同龄孩子所不具备的这些美好品质，所以他的生命才那样短暂。生如夏花之灿烂，死如秋叶之静美。他给我们的童年带来许多欢乐和趣味，可却在我们不知不觉中突然离世。这对我们每一个曾和他朝夕相伴的伙伴来说，是一种永远的伤痛，以致许多年后，当我们提起他时，所有的欢快都瞬间一扫而光，剩下的是那种让人窒息的沉默。这种沉默，抑或是我们对他最好的怀念，可谁都没有说出来，我们都在心中回忆他的一举一动，回忆我们一起走过的美好童年。然后，把这种伤痛埋藏在我们的记忆中，让时间去无情地遗忘。

在我们的童年时代，四水是一个苦命的孩子。他没有富裕的家庭，也没有穿过漂亮的衣服，甚至连吃饱饭都常常是一种奢望。在我的印象中，他总是穿着他爸留下来的那件灰白上衣，上面有七八个补丁，裤脚总是一边长一边短，所以一条腿的膝盖以下总是裸露在外。夏天的时候，很少看到他穿鞋，他的脚底甚至比我们的鞋底还坚硬。记忆中，他似乎一直处于饥饿之中，看到吃的东西从来不挑三拣四，放在嘴里就狼吞虎咽，生怕有人和他抢。这只是我童年中能够看到的，那些我所不知的，直到很多年后，才有人详细地告诉了我。

原来，四水本来不是猴山的孩子，是他娘从野外捡回来的。刚捡回来时，四水的身体虚弱，眼看就要没命了，四水娘便挨家挨户地借别的孩子的娘奶，最终才保住了四水的小命。别的孩子都是一岁多才能学会走路，而四水大概八九个月的时候就可以独自走路了，且从来不哭不闹，所以他娘特别疼爱他。到了三四岁的时候，四水就可以帮他娘看门了。第一次听到这个故事，已经是四水离世快有十年的时候了。当时，我的脑海里一阵昏暗，心更加痛了一下。我心想，四水的确是一个十分苦命的孩子，要是他在世能享受上一天也好，可惜他没有。当时和他同龄的我们，并没有给予他太多的关照，这也是我一直感到内疚和遗憾的地方。

时隔多年，我还清楚地记得那是一个冬日的黄昏，天上飘着稀疏的雪花，整个猴山只能听到鸡鸣狗叫的声音。暮色渐渐阴沉下来时，很多人家都点起了灯准备吃晚饭，突然，四水娘的一声惨叫，打破了猴山那个寂静的夜晚。

等所有猴山人赶到四水家门外时，四水早已离开了人世。后来，从邻居那里得知，四水当天早晨说肚子痛，他娘以为他是饿着了，就给他做了一碗小米汤。等四水喝完汤，就叫他躺在床上睡觉，结果四水就那样一睡不醒。具体是什么原因造成了四水的死亡，人们不得而知，后来有人推测说恐怕是一种小儿急性病。人都没了，什么病其实都无关紧要了，谁也没有去过问。四水走后，他娘疯了，那个家就彻底散了。当我们几个他最好的伙伴知道此事时，已经是他离世的第二天早晨了。猴山的那天早晨依然安静，唯独四水娘的哭喊声特别刺耳，催人泪下，让猴山的所有老老小小都沉浸在悲痛中。我们远远地站在大人的身边，看着四水就那样被猴山的男女老少送走了，埋葬在我们熟悉的一座小山的半山腰。从此，四水墓地所在的那座小山就成了一个寂寞的地方，我们这些小孩子也很少去那里玩耍了。并不是我们怕，而是四水的突然离世，使我们的童年似乎提前结束了。随后的许多年，我们都长大了，记忆也变得模糊不清了。失去四水的童年，连记忆都灰蒙蒙的，毫无任何色彩。

又过了许多年，我站在了四水墓前，看到他的墓堆上长满了许多漂亮的野花，就好像四水童年时一个个灿烂天真的笑脸。我一直认为，上帝给了四水一个苦难的环境，却给了他一个聪慧的脑袋和一颗善良的心，让我们如此牵挂和爱他。可是，既然上帝让他来到这个世上，为什么却让他那样不辞而别呢？在我们即将告别童年时，四水却突然掉队了，没有和我们一起去创造美好的未来，在我们所陌生的另一个世界中继续他的苦难生活。我唯有希望他远离苦难，能拥有一个幸福美好的童年，除此我只有沉默，在沉默中还能或多或少地想起我们一起度过的那些快乐时光。

我一直记得，四水最喜欢玩水。他曾告诉我，有朝一日，他要像一条鱼一样在水里自由自在地游来游去，可惜他最终还是未能如愿。在他生活的黄土地上，连喝一口干净的水都难，更不要说在水里游泳了。所以，每年到四水的祭日，远在异乡的我都会折一只小小的纸船，让它在水中自由地漂走。四水终究没有像鱼一样在水里游，但他在我们的童年之中就是一叶小舟，曾载着我们的梦想一起远航。我一直这样安慰自己：在我们寻梦的路上，它只是遇到太大的风浪，所以就突然沉没了。

死，是一个残忍且可怕的字，我想这个字永远不属于四水。

我知道，从四水离开人世的那天起，我们的童年也就彻底结束了。

尾声：给故乡的信

执笔撰思恋，研墨惦故乡。

往昔岁月稠，处处别离愁。

——北雁

十年光阴，恍惚如梦。韶华易逝，斗转星移。故乡，我就是这样与你相逢，也是这样与你道别。我知道你的美丽并非停留在冰雪覆盖的寒冬，可我的记忆永在寒风呼啸的季节。也只有在寒冬，我才能与你相逢，才能站在你宽阔的肩膀上，遥望大山之后的大山；也只有在凛冽的寒风中，我才能躺在你温柔的怀抱中，感知你无处不在的呵护。在你的呵护中，我二十年的青春美好时光一晃而过。可我年少的稚嫩，并不曾如此深刻地理解你。

这二十多年里，我一直为了一个梦想奋斗。当初义无反顾地选择离开，仅仅是为了“逃离”你的怀抱。生在大山之中，“走出去”不知道曾是多少人的梦想。生活在贫困中的人们，也许并不能深刻地感受到你的美丽和坚实，也不能看到你蕴藏着的巨大的爱。困苦的生活打碎了无数人年轻的梦，他们只有把希望和幸福寄予远方。深受两鬓斑白的老者的劝导、师长亲友的良言忠告，在襁褓中的我就挣扎着逃离你。以我的年少，只有选择相信他们自私的爱，所以立下豪言壮语，挣脱你的爱，成了我梦想的起点。如今，我只能请你原谅，原谅我年少的轻狂，原谅我曾无情的告别。

寒窗九载，书写着成长中无尽的酸甜苦辣，记载着我求学路上的风雨历程，可这一切都与你息息相关。也是因为你对我生命的考验，让我能够在艰难和挫折中奋勇前进，战胜一次又一次的困难，屡败屡战，最终圆了梦。拿到大学录取通知书的那天，我独自一个人跑到山巅，尽情地张望远方。大山之后的大山，藏着我的梦想。我是一只笨鸟，从未放弃过展翅高飞的愿望。我也知道，那一刻，你一定为我自豪。因为你深知，不能自私地把一个充满梦想的人留在你的身边，而是要鼓励和支持无数人走出你的怀抱，让他们在更大的天地间施展自己的才华。因为你知道，从你的怀抱中挣脱的每一个脚踏五湖四海的人，都会在异地他乡的土地上深情地写上你的名字。或许，每个人都在挣扎着逃离你，但是没有一个人会彻底忘记你，也没有一个人愿意忘记你。因为你的爱，注入了他们的脉搏和血液；因为你的情，植入了他们的心脏和灵魂。你就是他们生命的土壤，你就是他们永远的亲人，他们怎么能忘记呢？不，我们的“根”都栽植在你的心上，无论走到哪里，我们都与你骨肉相连、至死不忘。曾经的逃离，也许是为了更好的归来。

一年一度，我只有在寒风中嗅着黄土的气息回到你的怀抱，面朝一望无际的冰雪大地和千里无鸡鸣的幽静，一种深深的凄凉曾数次让我热泪盈眶。那种凄凉，也是无数故乡人生生不息的坚强的体现，让草木拥有一份温暖，让生命变得更加高贵。我一步一步地靠近，脚下却是那般沉重。那些熟悉的地方，依稀还有我们走过的脚印。过去，我每天都可以感受你四季的色彩，在文章中也曾这样赞美你：“家乡的四季如同少女身体之美，春天妩媚，夏天妖艳，秋天丰满，冬天裸露。唯独不同的是，少女不会永远年轻，可家乡之美景会周而复始，藏在每一个游子的心中。”而今，我却不能与你朝夕相处，也许那句“昔我往矣，杨柳依依；今我来思，雨雪霏霏”更能表达我此时此刻的感受和心情。也许，根本就不需要任何表达，只在寒风中静立，望着你沉睡的姿态，就可以看到你的温柔，感受到你的温暖。一切尽在不言中！

阔别故乡，书写他乡之愁；两千余里，话尽千里之忧。攀登高峰，遥望故乡，大山隐隐，一阵惆怅。在这惆怅里，我每天与你对望。

“我家住在黄土高坡，大风从坡上刮过……”在发自心灵的歌声中，在异乡的街巷中，我一遍一遍地找寻家的温馨，脚印却留在熟悉又陌生的路上。

在我的思念中，愿你一切安好，亲爱的故乡！